KB153665

빨간 지붕의 나나

SEOUL, 2014

빨간 지붕의 나나

초판 제1쇄 발행일 2014년 3월 25일
초판 제3쇄 발행일 2015년 9월 15일
지은이 선자은
발행인 이원주 발행처 (주)시공사
주소 서울시 서초구 사임당로 82
전화 영업 2046-2800 편집 2046-2821~4
인터넷 홈페이지 www.sigongsa.com

ⓒ 선자은, 2014

ISBN 978-89-527-8030-0 43810
ISBN 978-89-527-5572-8 (세트)

*홈페이지 회원으로 가입하시면 다양한 혜택이 주어집니다.
*잘못 만들어진 책은 구입하신 서점에서 바꾸어 드립니다.

빨간 지붕의
나나

선자은 지음

/ 차례 /

1

여자아이가 나타나다

듣지 마. 알았지?

또 그 여자 목소리다. 낮고 쉰 목소리. 제발. 물러가. 저리
가. 목소리는 늘 어둠을 이끌고 찾아온다. 어둠은 동굴 같다.
소리가 웅웅 울린다. 몇 번씩이나 반복된다.

"방학에 뭐 할 거야?"

"야, 벌써 무슨 방학 얘기야? 당장 기말이 코앞인데."

"기말은 기말이고, 방학은 방학이지!"

"우리 놀이동산 갈래? 우리 아빠가 50프로 할인권 구해 줄
수 있는데."

"정말? 나 바이킹 진짜 좋아해!"

"에이, 시시하게 무슨 바이킹이야. 자이로드롭이 최고지."

"왜? 바이킹이 얼마나 재미있는데."

"하긴…… 너 같은 겁쟁이가 그거 타는 게 어디냐?"

"뭐? 너 죽을래? 넌 주사 맞기 싫다고 병원도 못 간다며?"

애들이 떠는 유치한 수다가 꼬리에 꼬리를 끝도 없이 물고
이어졌다. 어쩜 그렇게 하나같이 높은 목소리로 재잘거리는
지 새소리 같기도 하다. 나는 수다가 난무한 전쟁터 한가운
데서 멍하니 있었다. 주위가 수다로 채워질수록 머릿속은 하
얗게 되어 갔다.

"은요야, 괜찮아?"

민세가 조용히 말하며 내 팔을 건드렸다. 다른 애들은 어느
새 재미있는 놀이 기구에서 새로 온 생물 선생 이야기로 넘
어가 있었다.

대학교를 갓 마치고 들어온 생물은 아직 20대였다. 나이 탓
인지 부임 전부터 무수한 소문을 앞세웠다. 180의 키, 배우
뺨치는 잘생긴 외모, 성우보다 부드러운 목소리. 모두의 이상
형에 부합하는 조건, 만화 속 주인공이 따로 없었다. 그러나
소문은 소문일 뿐, 기대가 크면 실망도 큰 법. 정작 우리 앞에
나타난 생물은 평범하기 이를 데 없었다. 순식간에 생물은 모
두의 뒷담화 대상이 되었다. 넓적한 코와 걸걸한 목소리, 여
드름 개수까지 흠집이 되어, 어느 이야기를 하더라도 생물 욕
이 꼭 빠지지 않았다. 나는 욕하는 아이들에게 공감할 수 없

다. 자기들이 제멋대로 상상하고 기대한 거면서 왜 실망하며 상대에게 책임을 떠넘기는지.

수다 주제가 점점 더 내 관심과 멀어져 갔다. 흘려듣는 일조차 지겹게 느껴졌다.

"어디 아파?"

민세는 늘 이런 식이다. 괜찮니? 어디 아프니? 혹시 병원 가야 하는 거 아니야? 나 진통제 있는데 줄까? 내가 멍하니 있는 걸 한두 번 본 게 아니면서 언제나 처음 본 양 유난을 떤다. 정말 귀찮다. 나를 그냥 내버려 두었으면.

"괜찮아."

나는 더 묻지 말아 달라는 뜻을 강하게 담아 대답했다. 민세는 내 팔을 잡았다가 놓았다. 마치 다 아니까 자신에게 기대라는 듯이.

내가 뭘? 난 아무렇지도 않은데 뭘 어쩌라는 거야?

내 별명은 '멍멍이'다. 얼빠진 애 같다고 저 아이들이 날 부르는 말. 멍하니 있거나 어떤 생각에 잠겨 있노라면 누가 한 말을 못 듣기 일쑤다. 그건 내 잘못이 아니다. 자기들이 재미없는 이야기를 해서 그런 것이다.

딱히 반박하지는 않지만, 그 별명을 듣기 시작한 뒤로는 공부를 열심히 했다. 보이는 것처럼 멍청하다는 말은 듣기 싫다. 무시당하기 시작하면 무리에서 떨어져 나가야 할 것이다.

하지만 그렇다고 너무 열심히 해 버려서도 안 된다. 튀지 않게 적당히 공부하면서 일정 성적을 유지하는 게 중요하다. 전교에서 놀아 버리면 애들 입에 오르내리게 되고 그러면 민세 말고도 귀찮게 구는 애들이 늘어 갈 것이다. 더도 말고 덜도 말고 반에서 4, 5등 정도가 딱 좋다. 내가 이 그룹에 끼여 있을 수 있는 이유도 적당히 좋은 성적 덕분이다.

우리 그룹은 여섯 명이다. 공교롭게도 모두 10등 안에 들지만, 그렇다고 최고는 아닌 애들. 늘 1, 2등을 맡아 하는 애는 우리 무리에 낄 수 없다. 그런 '왕' 잘하는 애들은 우리 무리에서 '왕'재수로 불린다. 어떤 애들은 우리 흉을 보기도 한다. 공부 좀 하는 것들끼리 끼리끼리 논다고. 사실 그 말이 맞다. 시험 때나 공부할 때나 은근히 경쟁하지만 서로 도움을 주고받으려고 모인 건 사실이기 때문이다. 필요한 수준을 맞추기 위해 선별된 멤버라고 할까. 우리를 의도적으로 모은 것은 늘 3등을 하는 애다. 그 애 이름은 잘 기억이 안 나지만, 가끔 매서운 눈을 하고 있다.

우리 그룹은 여느 무리가 흔히 그렇듯 둘씩 단짝을 이룬다. 둘씩 세 쌍. 남들이 볼 때 내 단짝은 민세다. 민세는 처음 본 순간부터 내게 손을 내밀어 주었다. 이 그룹 구성원으로 끌어들인 것도 민세다. 마땅히 가까운 친구를 사귀고 싶지 않았지만, 아는 애들이 별로 없는 고등학교에서 왕따가 되는 것도 싫던 나는 그 손을 거부하지 않았다. 그런데 그게 잘못이었다. 민세는 지나치게 나에게 관심이 많다. 나와 정말 단짝이 되고 싶어 한다. 남들이 보기에 붙어 다니는 단짝 말고, 진짜 속내까지 드러내며 친한 단짝. 나는 언제나 무난한 아이, 어디에나 녹아들어 어울리는 아이로 보이려 하지만 민세에게만큼은 살갑게 대할 수가 없다. 그 애는 누구보다 내 진짜 모습을 꿰뚫어 보는 것 같고, 나를 보이면 보일수록 더 알고 싶어 한다.

"우리 떡볶이 먹고 갈래?"

하굣길, 민세는 다른 넷과 인사를 나누자마자 기다렸다는 듯이 말했다. 교문 앞을 기점으로 집에 가는 길이 둘로 나뉜다. 왼쪽에 큰 아파트 단지가 있어서 대부분 그쪽 길로 가지만, 나와 민세는 오른쪽으로 걸어 나가 큰길에서 버스를 탄다.

금방이라도 비가 내릴 것처럼 하늘이 무거웠다. 민세와 둘만의 시간을 갖는 것도 부담스럽다. 그러나 배가 고팠다. 두말없이 떡볶이 집으로 따라갔다.

"종달새 떡볶이? 아니면 오늘은 우리도 저기 갈까?"

"아무 데나 괜찮아."

민세는 애들이 바글대는 깔끔한 유명 체인 떡볶이 집을 지나쳐 20년도 더 됐다는 허름한 종달새 떡볶이 집으로 갔다. 손님은 한 테이블밖에 없었는데, 그마저도 우리가 오고 얼마 안 있다가 비었다.

떡볶이 1인분에 튀김을 한 개씩 추가했다. 집에 가면 저녁 밥을 먹을 터였다. 조미료 맛이 듬뿍 나는 떡볶이, 그것도 밀 떡볶이. 입에 넣으면 감칠맛이 감돌며 크기도 제각각인 다진 마늘이 씹혔다. 수백 차례 시행착오와 연구, 그리고 유기농 재료를 사용하여 천연 재료 양념이 만들어졌다는 체인점 떡볶이에 비하면 촌스럽기 짝이 없다. 몸에도 안 좋다. 그럼에도 불구하고 자꾸자꾸 생각나는 맛. 몸에 안 좋아서 먹고 싶은지도 모른다.

여느 때처럼 민세가 먼저 말을 걸었다. 우리가 함께 있다는 걸 상기시키고 싶은 것처럼.

"맛있다. 그치?"

"응. 그럭저럭."

민세는 잠시 내 얼굴을 바라봤다. 꿰뚫어 보려는 눈빛.

"왜?"

"늘 그러네."

"뭘?"

"대답이 말이야."

내 대답이 뭘? 응. 그럭저럭. 나는 내 대답에서 문제점을 찾지 못했다. 무난한 대답이니까. 일부러 그렇게 대답한 것이다.

그럭저럭.

그냥.

괜찮아.

아무거나.

어떤 질문에도 튀지 않는 대답이다. 아무도 딴죽을 걸지 않는 대답이다.

아직도 나를 바라보는 민세 눈이 깊었다. 덜컥 겁이 났다. 여태까지 숨겨 왔던 나에 대해, 내 보잘것없는 정체에 대해 그 애가 다 알아 버릴 것만 같았다.

나는 무슨 말이라도 하려고 했다. 화제를 돌려야 해. 민세가 뭐라고 하기 전에.

"저기……."

그때, 갑자기 아무것도 보이지 않았다. 깜깜했다.

우르르르 쾅.

팟.

깜깜해진 떡볶이 집과 달리 밖이 환해졌다가 어두워졌다.

"어이구, 갑자기 무슨 정전이래?"

떡볶이 집 아줌마가 서둘러 촛불을 켰다. 천둥 번개에 이어 뒤늦게 굵은 비가 내리기 시작했다. 후드득후드득. 내 마음속을 때리는 것처럼 강한 빗줄기.

"은요야, 괜찮아?"

민세가 내 손을 잡았다. 순간 소름이 끼쳐 나도 모르게 손을 잡아 뺐다. 민세 얼굴이 잘 보이지 않았지만, 당황하는 기색이 느껴졌다. 그렇지만 평소처럼 위장할 여유가 없었다. 어둠. 소음. 듣지 말아야 해.

듣지 마. 알았지?

지시하는 여자 목소리가 이미 기어들어 와 머릿속을 울렸다. 누구지? 이 목소리는?

"은요야, 은요야!"

"학생, 괜찮아?"

민세와 떡볶이 집 아주머니 목소리가 들려왔다. 현실 속 목소리가 끼어들자 거짓말처럼 여자 목소리가 물러갔다. 눈을 떠 보니 아주머니와 민세가 걱정스러운 얼굴로 나를 흔들고 있었다. 한쪽에 세워 둔 손전등이 나를 비추고, 내 주위는 어둠에서 벗어났다.

"은요야, 이제 괜찮아? 물 좀 마셔 봐. 너 방금 온몸이 차갑게 굳었어."

"아유, 학생이 많이 놀랐나 보네. 떡볶이 값 안 내도 되니까 그만 먹고 비 더 오기 전에 어여 가. 이건 아줌마가 서비스하는 거니까 먹고."

아주머니가 박카스를 건넸다. 나는 고분고분 받았다. 정말 천둥 번개와 정전에 놀란 거라 여겨 줬으면 했다. 민세도 아주머니도.

"고맙습니다."

민세가 대신 말했다. 눈치챘을까?

"빨리 가자."

부축을 해 주는 민세가 고맙다기보다 부담스러웠다. 그러나 다리가 후들후들 떨리고 있었다. 혼자 서서 아무렇지도 않은 척 걸어가긴 힘들다. 거센 비바람 때문에 우산이 뒤집히려 하는데도 민세는 나를 꼭 잡고 있었다.

"집에 가서 엄마에게 오늘 일 꼭 얘기해. 혹시 모르니까 병원에 가 보구, 응?"

버스 안에서 민세가 병원 이야기를 하자 문득 의문이 들었다. 그동안 내가 멍한 얼굴을 할 때마다 민세는 병원에 안 가도 되느냐고 물었다. 처음부터 민세는 내가 아픈 애라는 걸 알고 있던 것 같다. 아까는 왜 평범하고 무난한 내 대답을 문제 삼았을까? 혹시 민세는 나에 대해 뭔가를 아는 걸까? 평범한 척하려고 그렇게 노력했는데.

"알았어."

괜찮다고 하려다가 그냥 고개를 끄덕였다. 말꼬리를 잡고 무슨 말이라도 할까 봐 겁이 났다. 민세가 일어서서 하차 벨을 눌러 주었다. 민세는 내가 내리는 정류장 다음에서 내린다. 만약 민세가 먼저 내린다면 나는 한없이 버스에 앉아 있었을 것이다.

"내 동생도 너처럼 몸이 약해서 잘 놀라거든. 밤에 열날지 모르니까 이불 꼭 덮고 자."

민세는 손을 흔들며 말했다. 늘 돌봐야 하는 아픈 동생이라니. 어릴 때부터 병원에 들락거리는 걸 보아 온 것이다. 그리고 나에게서 동생을 보았겠지. 나는 조금은 가벼운 마음으로 민세에게 손을 흔들고 버스에서 내렸다. 우산을 펴고 돌아보니 민세가 멀어져 가는 버스 안에서 나를 보고 있었다. 걱정스러운 얼굴로.

서둘러 우산으로 나를 가렸다.

제발. 나를 걱정하지 마. 지겨워.

점심시간에는 학교를 산책했다. 늘 그렇듯 여섯 명이 함께였다. 애들은 마주 보게 만들어 놓은 벤치에 셋씩 나눠 앉더니 재잘재잘 무슨 이야기를 잘도 떠들었다. 나는 늘 처음에는 이야기에 끼여 있지만, 시간이 지나면 저만치 밀려나 있다. 관심 없는 주제가 대부분이기 때문에 정신을 바싹 차리지 않으면 따라가기 힘들다.

"그래서? 은요는 어떤데?"

"응?"

"지율이네 집에 모여서 공부하기로 했잖아."

민세가 얼른 가르쳐 주었다. 아, 누구 집이 비어서 공부도 하고 놀기로 했다. 그런데 그 집 주인이 지율이라는 애였구나. 나는 잊고 있었다는 걸 내색하지 않으려고 일부러 목소리를 높였다.

"지율아, 너희 집에 혹시 DVD 플레이어 있어? 내가 영화 DVD 가져갈까?"

주위가 조용해졌다. 내 말이 뭐가 잘못되었나? 아, 요새 DVD 플레이어 있는 집이 없어서 그러나? 우리 집은 엄마가 DVD를 모아서 아주 옛날 영화부터 최신 영화까지 모두 있는 편이다. 요새는 DVD를 안 보니까 내 말이 좀 이상하게 들릴 수도 있다.

"없어? 그렇지? 요새 그런 거 거의 없으니까. 다운 받아서 봐도 되고, 인터넷 티비로 봐도 되니까. 그럼 난 뭐 준비하지? 야식 쏠까?"

최대한 발랄하고 평범한 여고생처럼 말하려고 했다. 그런데 분위기는 달라지지 않았다. 애들 얼굴이 묘하게 일그러져 있었다.

"은요야, 잠깐만."

민세가 서둘러 내 팔을 잡고 저쪽 벤치로 이끌었다.

"왜?"

"야, 지율이는 걔가 아니고 네 옆에 있던 애야. 네가 말 건 애는 서인이고."

가슴이 쿵 내려앉았다. 진짜 엄청난 실수였다. 4월 수학여행 때 친해졌으니 벌써 석 달이나 됐는데, 내가 생각해도 너무했다. 서인이와 지율이 둘 다 기분이 상할 대로 상했을 것이다. 게다가 지율이는 우리 무리에서 리더 역할을 하는 그 애였다.

"어떻게 하지?"

"내가 알아서 할게. 넌 가만히 있어."

민세는 아이들에게 돌아갔다.

"쟤 뭐니?"

애들이 투덜거리는 소리가 들려왔다. 멀지 않아서 다 들렸다. 민세는 내가 무척 아프다고 말했다. 어제 떡볶이 집에서 있던 일을 말하고는, 열이 올라서 지금 눈앞이 희미하게 보인다는 거짓말까지 했다. 그제야 아이들은 놀란 얼굴로 우르르 몰려왔다.

"정말이야? 괜찮아?"

순식간에 친구 이름도 못 외운 나쁜 년에서 불쌍한 환자가 된 나는 힘없이 웃었다. 어느새 아이들은 원래 하얀 내 얼굴을 아파서 창백해진 얼굴로 보고 있었다. 그런 거짓말이 먹힌 것도 신기했지만 민세의 입지가 더 놀라웠다. 민세가 말했기 때문에 다들 믿은 것이다.

"참, 나 용돈 받았는데! 내가 후식 쏠게."

민세는 나에게 쏠린 관심을 분산시키려는 듯 애들을 매점으로 이끌었다. 음료며 아이스크림이며 하나씩 골라 드는 애들 틈에서 나도 어쩔 수 없이 음료수를 하나 잡았다. 아픈 아이 설정이니까 꿀물 음료수로. 먹기 싫었는데, 이마저도 안 먹고 오도카니 있으면 튀는 행동으로 여길 것 같았다.

민세는 물건들을 거둬들여 계산을 하고 다시 나눠 주었다. 나는 내 손에 든 꿀물 음료를 보면서 몰래 한숨을 쉬었다. 평소라면 거들떠도 안 봤을 꿀물 음료. 지친다. 애써 평범해지려고 노력하는 것은 너무 어렵다. 내가 하고 싶지 않은 것을 왜 해야 하는지 알 수 없다. 이런 식으로 물을 섞고 또 섞어 희석될 수 있는 것일까? 내가 평범해질 수 있는 것일까?

그런데,

그 애를 보았다.

머리를 양 갈래로 묶은 어린 여자애였다. 여자애는 매점 앞에 서서 나를 올려다보았다. 민세를 포함한 다른 애들이 저만치 앞서 가는 것을 보면서도 나는 따라갈 수 없었다. 여자애에게는 눈을 떼지 못하게 하는 뭔가가 있었다.

여자애는 나와 똑같은 꿀물 음료를 손에 쥐고 있었다. 기껏해야 초등학생으로 보이는 애가 왜 고등학교에 와 있는 거지? 학부모를 따라온 어린 동생인가?

"저기……."

여자애는 내 말을 기다리지 않고 성큼성큼 쓰레기통으로 걸어갔다. 그러더니 아직 한 모금도 마시지 않은 그 음료수를 쓰레기통에 버렸다.

왜 멀쩡한 음료수를.

"너……."

그 애에게 다가가는 순간 몸에 찌릿 전기가 통하는 것 같았다. 손가락 끝이 간질간질했다. 내가 해야 하는 일이었다. 먹고 싶지도 않은 꿀물 음료를 아픈 척 먹는 일 따위는 바보 같은 짓이다. 나는 그 애처럼 음료수를 쓰레기통에 버렸다. 민세가 알아챌까 봐 걱정이 되긴 했지만, 처음으로 내가 살아 있다는 기분이 들었다.

2
작은아빠

　그 애를 다시 만난 건 매점에서 본 이틀 뒤였다. 학교 갔다가 집에 돌아오는데, 누군가 우리 집 문 앞 복도에 서 있었다. 누구인지 알아보기도 전에 소름이 돋았다. 그 애라는 걸 직감적으로 알았기 때문이다. 너무 평범하게 생겨서 인상적일 것도 없는 얼굴인데, 어쩐 일인지 보자마자 매점 앞 그 애와 동일 인물이라는 걸 알았다.

　"너 여기 웬일이야?"

　그 애는 대답이 없었다. 얼굴이 무표정했다. 낯이 익다는 생각이 들었을 때, 그 애가 고개를 숙였다. 긴 앞머리에 눈이 가려 보이지 않았다.

　"괜찮니?"

　나는 어느새 민세처럼 그 애를 염려했다. 민세가 하는 대사를 똑같은 억양으로 읊으면서 그 애가 고개를 들어 주길 바랐다.

"너 매점에 있던 애 맞지?"

여자애 어깨를 잡으려 손을 뻗었다. 그런데 여자애가 한 발짝 뒤로 물러섰다.

"왜, 나 나쁜 언니 아니야…… 아!"

나는 뜻밖의 사실을 발견하고 경악했다. 그 애는 맨발이었다. 그걸 깨닫는 순간 기묘한 기분이 들었다. 알고 싶지 않은 걸 안 기분.

"너, 뭐야?"

그 애가 대답하지 않으리라는 걸 알면서도 물었다. 나는 그 애 실체에 대해 짐작하고 있었다. 티 내지 말아야 한다는 것도 알고 있었다. 내가 알아 버린 걸 알면 그 애가 놀라서 다시는 내 앞에 모습을 드러내지 않을 것만 같았다.

"은요야, 뭐 하니?"

엘리베이터에서 막 내린 엄마가 멀뚱히 있는 나를 불렀다. 잠깐 엄마를 돌아본 사이에 그 애는 감쪽같이 사라졌다. 역시. 그 애는…….

"엄마."

나는 겨우 엄마를 부르는 걸로 마무리했다. 엄마에게 그 애에 대해 주저리주저리 말하고 싶지 않았다.

그날 이후 종종 그 여자애를 만났다. 여자애는 우리 집 길목에 쪼그리고 앉아 있기도 하고 혼자 머리를 휘날리며 팔랑팔랑 뛰기도 했다. 내 방에 앉아 있기도 하고, 수업 중에 복도에 서 있기도 했다.

"우리 은요, 기가 허해진 거 아니야?"

전화기 너머에서 작은아빠가 허허 웃었다. 다른 사람이 했으면 기분 나쁠 농담인데도, 나는 따라 웃고 말았다. 선생님 티를 팍팍 내며 교육적인 말만 늘어놓는 엄마나 늘 출장 중인 아빠보다 훨씬 편한 사람이니까. 그 여자애에 대해서 본 그대로 털어놓을 만한 어른도 작은아빠밖에 없다. 언제나 내 말에 귀 기울여 주고 진정으로 나를 위하는 사람은 작은아빠뿐이다.

정작 아빠는 나와 통화하는 걸 즐기지 않았다. 작은아빠의 친형이라는 게 믿기지 않을 정도로 냉정하다. 어릴 때부터 가끔씩만 만나서일까. 형식적으로 주고받는 안부 인사는 도저히 아빠와 딸의 대화라고 생각하기 어려울 정도다. 아빠는 나에게 무척 조심스레 말을 건다. 여러 가지를 고려해서 적당히, 곤란한 대화 주제로 새지 않도록 질문을 고른다. 나는 아빠가 왜 그러는지 알지만, 아빠는 내가 이 모든 사실을 안다는 것조차 모른다. 언제까지나 아무것도 모르는 어린애에 머물길 바라는 걸까. 가끔 나를 보는 아빠 눈에 두려움이 비친다. 아빠는 딸이 두려워? 왜? 무엇이?

아빠의 두려움은 나를 다가가지 못하게 만든다. 내가 알지 못하는 진실과 내가 알지 못하는 거짓이 뒤섞여 어느 것도 믿을 수 없으니까. 그래서 나도 형식적인 질문과 대답에 길들여졌다.

성적은? 시험은 잘 봤어?

예. 그럭저럭.

그래. 다행이다. 친구는?

많이 사귀었어요.

그래야지. 담임선생님은 좋으시고?

예. 괜찮은 것 같아요.

아빠는 과연 나에 대해 알고 싶은 걸까? 아니면 그저 아빠 노릇을 수행하기 위해서 어쩔 수 없이 말을 거는 걸까?

엄마는 어색한 부녀가 대화를 나눌 적마다 그저 듣고만 있다. 끼어들기는커녕 우리 목소리가 들리지 않는 것처럼도 굴면서. 마치 엄마는 제삼자인 것 같다. 우리를 배려한다기보다는 오히려 나를 상대해 줄 다른 사람이 나타난 것에 안도하는 것처럼 보인다. 단단한 벽을 세우고 숨을 수 있어서 기쁜 듯하다. 나와 있을 때 늘 날이 서 있는 엄마에게는 그게 휴식인 것이다. 내가 부담스러운 걸까?

"그런데 참 기분이 이상했어요. 무섭지도 않고 그냥."

"그래? 흐음."

작은아빠는 방금 전에도 회의를 하다가 내 전화를 받기 위해 중지시킨 참이었다. 미안한 마음은 잠시 접어 두고 마음껏 투정을 부렸다. 다른 가족이 모두 외국으로 나간 작은아빠도 딸 같은 내가 필요할 거라고 정당화하면서.

"어떤 기분이었는데? 작은아빠는 은요가 너무 걱정된다. 아저씨 만나러 가야 하는 거 아닐까? 예약 잡을까?"

"또요?"

"아냐, 네가 싫으면 안 그래도 돼. 작은아빠가 그냥 걱정돼서. 아저씨 불편하면 다른 의사는 어때?"

"아니에요. 작은아빠가 소개해 준 의사가 젤 좋겠죠. 그런데 안 만나도 될 것 같아요. 애들은 다 비슷하게 생겼잖아. 다른 애를 보고 내가 착각한 거면 어떡해요."

아저씨는 작은아빠 대학 친구다. 작은아빠는 원래 의대를 갔다가 적성에 맞지 않는다는 이유로 그만두고 경영학으로 전공을 바꾸어 다시 진학했다. 아저씨는 1년간 의대를 다닐 때 사귀었던 친구다. 사건이 난 그 시점부터 나를 맡아 치료해 주었다. 모두가 정신없이 우왕좌왕하는 와중에도 작은아빠는 침착했다. 유일하게 나를 마주 보아 주었다.

어쩌면 책임감 때문이었는지도 모른다. 그때 나는 시골 할머니 댁에 있었다. 작은아빠의 아들 미루와 함께. 당시 나를 데려가겠다고 선뜻 손을 든 건 작은아빠였다. 그 여름 방학은 그렇게 시작되었고, 그 일은 일어나 버렸다.

나는 작은아빠를 원망하지 않는다. 어차피 나는 그 일에 대해서 기억하지 못한다. 다만 그 일이 있고 서울로 돌아왔을 때부터 끊임없이 나와 대화를 나눈 사람이 작은아빠였다는 건 안다.

"이따 저녁에 우리 만날까? 작은아빠가 맛있는 거 사 줄게."

"바쁜 거 아니에요?"

"우리 은요 일이 제일 중요하지. 여섯 시에 데리러 갈게. 뭐 먹지 말고 기다려."

"응. 이따 봐요."

역시 작은아빠다. 진짜 중요한 게 무엇인지 아는 사람. 헐레벌떡 일을 마무리 짓는 작은아빠를 상상하니 웃음이 번져 나왔다. 나를 위해 뭔가를 해 주는 사람이 있다는 게 기쁘다. 만나면 무척 반가울 것이다. 작은아빠가 출장을 가는 바람에 우리는 2주일이나 만나지 못했다.

갑자기 방문이 벌컥 열리더니 엄마가 들어왔다. 엄마는 조금씩 살이 빠지더니 요즘은 광대뼈까지 도드라져 보였다. 엄마는 점점 더 날카로워진다. 작은 소리에도 예민하고 신경질이 늘어 간다.

"작은아빠니?"

"엄마, 왜 남의 전화를 엿들어?"

이내 엄마 얼굴이 일그러졌다. 내가 따지는 건 무시하고서.

"이따 나갈 거야."

엄마가 허락 안 해도 나는 간다는 뜻이었다. 엄마는 그 일에 대한 책임이 작은아빠에게 있다고 생각하는 사람 중 하나다. 나를 이렇게 만든 게 작은아빠라며 인연을 끊어야 한다고 주장해 왔다. 나도 안다. 작은아빠가 아니었다면 나는 그곳에 있지 않았을 테고, 그 일도 없었을 것이다. 그러나 방문에 귀를 대고 남의 통화를 엿듣는 건 더 최악이다.

"너 숙제랑 공부는 다 했어?"

"다 했어."

"토요일인데 만날 친구는 없어? 공부만 잘하는 게 다가 아니야. 학창 시절에는 친구 관계도……."

잔소리 강도가 점점 더 높아졌다. 우리 학교 선생들도 별로 좋진 않지만, 가장 별로인 선생은 바로 우리 엄마다. 어릴 때부터 나는 엄마가 맡은 반 아이들이 불쌍했다. 날카로운 목소리, 끝없는 잔소리, 견딜 수 없는 예민함. 아마 일터에서의 엄마도 좋은 선생님은 아닐 것이다. 내가 헛기침이라도 하면 죽을병에 걸린 것처럼 온갖 약과 몸에 좋은 음식을 지어 오고 병원에 가자며 요란을 떨었다. 더 참기 힘든 건 마치 자기가 병에 걸린 양 파랗게 질리는 얼굴과 부들부들 떠는 손가락이었다. 내가 기억하지 못하는 그날의 엄마를 보는 것만 같아 치가 떨렸다.

엄마에게 싫은 소리를 듣지 않기 위해서 오후 내내 책상 앞에 앉아 있었다. 방문 밖에서 엄마가 내 인기척에 귀 기울이고 있을 것만 같았다. 실제로 그런 적도 많았고.

그런데 또 그 여자애가 나타났다. 자꾸 방 안에서 뛰어다녔다. 발소리는 나지 않아 엄마가 의심할 염려는 없었다. 여자애는 사뿐사뿐 날아다니는 것처럼 보였다. 나는 책에 얼굴을 파묻었다. 공부가 될 리가 없다. 왔다 갔다 하는 게 곁눈에 아른거렸다.

왜? 왜 나를 찾아온 거야?

입 모양으로 그 애에게 물었다. 그러나 여자애는 내 얼굴을 쳐다보지도 않았다. 내가 여기 있어서 온 게 아니라는 듯이.

작은아빠에게 전화가 올 때까지 나는 시간을 죽였다. 아무것도 하지 않고 아무 생각도 하지 않고 멍하니 여자애와 책에 나열된 글자만 바라봤다.

"우리 이탈리안 레스토랑 갈까?"

"좋아요. 저번에 그 집 파스타 맛있더라고요."

"그래? 이번에 새로 생긴 데 있는데 거긴 어때? 우리 회사 직원이 가 봤는데 맛있다더라."

"새로운 데 생겼어요? 어디요?"

나는 냉큼 조수석에 올라타 떠들었다. 여자애가 나를 바라봤다. 내가 작은아빠 전화를 받고 나갈 준비를 하자마자 그 애는 나에게 관심을 보였다. 그러더니 그대로 따라 나온 것이다. 쌜쭉한 표정으로 가만히 우리를 지켜보던 여자애는 휙 뒤돌아 어디론가 가 버렸다.

여자애를 떨쳐 내고 작은아빠도 만나서 기분이 좋아졌다. 학교에서도 집에서도 허전하기만 한데, 작은아빠를 만나면 뭔가 채워지는 기분이다. 잃어버린 퍼즐 조각을 찾은 느낌. 내 기억의 일부를 가지고 있는 사람이어서인지 간질간질한 느낌이 든다.

우리는 오픈한 지 얼마 안 된 레스토랑에 들어갔다. 웨이터가 따뜻한 눈길로 우리를 맞았다. 닮은 우리가 부녀지간이라고 생각하는 것이다. 작은아빠는 내 취향을 다 꿰고 있어서 무엇을 먹을지 굳이 말을 안 해도 척척 시켜 주었다. 우리는 그만큼 오랫동안 많은 대화를 나눈 사이였다.

"진짜 의사 아저씨한테 안 가 봐도 되겠어? 지금은 어떠니?"

"지금?"

"그 여자애가 보이느냐고."

"안 보여요. 그냥…… 피곤해서 그랬나 봐요. 진짜 비슷한 애를 착각한 걸 수도 있고."

솔직하게 말했다가는 작은아빠가 놀랄 것이다. 걱정을 하게 할 수는 없었다. 나는 후식으로 나온 티라미수 케이크를 포크로 짓눌렀다. 달콤하고 멋진 케이크는 한순간에 힘없이 형체를 잃었다.

나아질 거야. 괜찮아. 나는 속으로 주문을 외웠다. 괜찮아. 괜찮아.

이번만큼은 도움을 받고 싶지 않다. 뜬금없는 불안감이 찾아올 때마다 작은아빠와 의사 아저씨에게 기대서 여기까지 왔다. 이제 스스로 해결해야 한다. 그러나 다짐과는 달리 형편없이 일그러진 티라미수가 자꾸 눈에 밟혔다.

나는 진심을 숨기고 아무렇지도 않은 척 말했다.

"그 애가 귀신이었다고 해도 사실 하나도 안 무서워요. 양쪽으로 머리 묶은 귀여운 귀신이었다니까. 그리고 사실 잠깐 스치듯 본 건데, 내가 작은아빠에게 관심받으려고 오버해서 부풀려 말한 거예요."

짐짓 발랄하게 손짓을 해 가며 말했지만, 작은아빠 표정은 진지했다.

"머리를 양쪽으로 묶었다고? 몇 살이었는데?"

"몰라요. 일곱 살? 여덟 살? 키가 요만했나?"

나는 손을 허리께에 가져가다가 멈추었다. 잠깐 보았다고 해 놓고 키까지 말하는 건 아닌 것 같았다.

"에이, 모르겠다. 잘 기억도 안 나니까 걱정 마요, 작은아빠."

"그래."

작은아빠 얼굴이 어두워졌다. 또 걱정을 끼치고 만 것이다.

"걱정 말라니까요. 그건 그렇고 우리 다음 주 토요일에 영화 봐요. 기다리던 영화가 개봉하거든요."

"아, 미안. 다음 주에는 선약이 있어서."

"뭔데요?"

"그게…… 그날 미루가 한국에 들어온대."

미루라는 말에 숨이 턱 막혔다. 미루는 작은아빠의 아들이면서 내 사촌 동생이다. 그리고 그때 할머니 집에 함께 머물던 아이다.

"그럼 됐어요. 미루 와서 좋겠네."

내 말에 가시가 박혔다. 내가 다시 미루를 만난 건 2년 전이었다. 작은아빠를 빼앗기는 것만 같은 기분이 들어 달갑지 않은 만남이었다. 그런 기분을 느낀 건 나만이 아닌 듯했다. 미루는 식사 자리에서 가만히 앉아 나를 지켜보기만 했다. 정확히 말해서는 나를 챙기는 작은아빠를 지켜보고 있었다. 아무 표정도, 아무 말도 없었지만, 패나 불쾌한 시간이었다.

"삐쳤니? 그럼 일요일에 보면 되잖아."

"됐다고요. 일요일에도 미루랑 지내야죠. 나 같은 애가 무슨 권리로 남의 아빠를 가로채겠어요."

"그게 무슨 소리야? 왜 그런 식으로 말하는 거니?"

작은아빠가 꾸짖듯 말했다. 작은아빠 잘못이 아니라는 걸 알지만, 나는 화를 낼 수밖에 없었다. 그래서 더 화가 났다. 이런 식으로밖에 못 하는 나 자신에게. 나도 모르게 자리에서 벌떡 일어섰다. 작은아빠가 당황하며 내 팔을 잡았고, 나는 그 손을 뿌리쳤다.

"은요야!"

"난 그런 특별한 애잖아요. 유괴당했던 애."

뱉어 버리고 말았다. 인정하고 싶지 않지만 난 정말 그런 애였다. 아홉 살 때 유괴당해 그때까지의 기억이 사라진 아이. 한 조각이 빠져 완전하지 않은 사람. 모두 나 때문에 틀어져 버렸다. 엄마도 아빠도 이제는 얼굴조차 보기 힘든 할머니도 모두 이전에는 지금처럼 살지 않았다는 것을 안다. 그리고 미루도 외국으로 도망치듯 가느라 아빠를 사촌인 나에게 빼앗기지 않았겠지. 그 일만 아니었더라면, 나만 아니라면 모두 행복했을 것이다. 정말 행복했을 것이다.

3

미루가 가지는 것

"은요 누나!"

미루가 나를 보자마자 스스럼없이 껴안았다. 잔뜩 얼굴이 굳어 방어벽을 치고 있던 나는 얼떨결에 키 큰 미루에게 안기고 말았다. 미루는 2년 전과는 전혀 다른 사람 같았다. 키가 훌쩍 큰 탓도 있지만 무엇보다 얼굴에 표정이라는 것이 실려 있었다.

"으, 응."

엄마 손에 이끌려 나온 자리였다. 작은아빠가 말렸지만, 엄마는 나를 꼭 데리고 나오겠다고 고집을 부렸다. 엄마는 말하지 않았지만, 가족 모임이 저녁 시간이어서 나를 혼자 두기 싫었던 것이다. 과보호. 엄마는 해가 지면 절대로 나를 혼자 두지 않는다. 어두운 곳에 있으면 내가 발작이라도 일으킬까 봐 걱정이 된다는 것인데, 실제로도 위험했다. 요즘은 정전이 일어나는 일이 흔치 않지만, 떡볶이 집에서의 일을 겪고 나니 두렵기도 했다. 그래서 한두 번 볼멘소리를 하고 못 이기는 척 엄마에게 끌려 나왔다.

이제야 찬찬히 보게 된 미루는 좋은 냄새가 나는 아이였다. 누구에게나 살갑다. 혀 꼬부라진 소리를 내리라는 내 예상과 달리 한국어를 어색하지 않게 구사해서 거리감이 들지 않았다. 작은엄마도 친절하고 다정한 사람이었다. 이 모든 것이 어우러져 한마디로 '호감형'이었다.

그러나 나는 탐색을 멈추지 않았다. 2년 전 무표정한 얼굴로 나를 책망하던 미루가 떠올랐다. 그때 내 속에는 죄책감이 있었다. 아무 잘못도 하지 않았는데, 결과만으로 나는 그 애에게 미안해해야 했다. 미루는 나를 용서한 걸까. 아니면 그저 속내를 숨기고 있는 것일까.

"누나, 이것도 먹어 봐. 맛있다."

미루가 웃으며 말했다. 웃는 얼굴이 작은아빠를 빼닮았다. 그런데 작은아빠는 미루가 그러는 게 짐짓 불편한 모양이다. 미루가 말을 할 때마다 긴장한 기색이 역력했다. 아무래도 내가 걱정이 되는 거겠지.

미루와 작은엄마는 8년 전 그 사건이 있고 나서 바로 미국으로 떠났다. 작은아빠가 권유한 것이다. 당시 미루도 꽤나 놀랐다고 했다. 사라진 사촌 누나, 경찰의 조사, 가족들에게 드리워진 어두운 기운. 아무리 어린아이라도 영향을 안 받을 수 없었을 것이다.

나도 그때 차라리 외국으로 갔으면 나았을까? 이유 모를 공허함도 없었을까? 밝은 표정을 지을 수 있는 미루가 부럽다. 그때 어른들이 반대하지만 않았다면 나도 모든 걸 훌훌 털고 새로 시작했을 텐데. 어차피 기억나지도 않는 과거는 쉽게 버리고 다른 현재로 채울 수 있었을 것이다.

식사 뒤 어른들이 잠깐 더 이야기를 나누는 사이에 미루와 나는 예쁘게 꾸며진 레스토랑 정원으로 나왔다. 둘만 있으면 마땅히 할 말도 없고 어색할 줄 알았는데, 의외로 분위기가 좋았다. 미루는 어린아이로 돌아간 것처럼 해맑게 웃었다. 2년 전 그 아이와 같은 사람이라는 게 믿어지지 않을 정도로. 우리는 쓸데없는 학교생활 이야기를 하다가 어둠이 내린 연못을 잠깐 바라봤다. 무슨 말인가 할 것처럼 뜸을 들이던 미루가 입을 열었다.

"누나, 그런데 정말 그때 일 기억 하나도 안 나?"

그때 일? 왜 갑자기 그 일을 얘기하는 거지?

"응. 왜? 너도 어려서 기억 잘 안 나는 거 아니었어? 겨우 여덟 살이었잖아. 작은아빠가 너도 그렇다고……."

"누나, 우리 아빠한테는 말하지 마. 사실 나, 기억나는 거

있어."

"기억나는 게 있어? 그러면 말씀드려야 하지 않을까?"

"아빠가 그때 일 다 잊으라고…… 내가 그때 가지고 있던 옷이랑 장난감도 다 불태웠거든. 사실 엄마랑 나…… 미국 가기 싫었는데 아빠가 억지로 보낸 거야."

장난감을 불태운 건 심했다. 작은아빠가 한 일을 이해 못하는 건 아니지만.

"누나한테 줄 선물이 있어. 그때 누나가 아끼던 거. 나중에 따로 만나서 줄게."

생각지도 못한 일이었다. 내 물건이 있다니. 우리 엄마도 내가 아홉 살까지 입던 옷과 물건들을 따로 보관하지 않았다. 일부러 자꾸 새 옷을 사고 새 책을 사 주었다. 그런 식으로 과거를 덮으려고 한 엄마 생각은 잘못되었다. 벗겨 내지 않고 자꾸 새로 바른 벽지는 금방 떨어진다. 찢겨 나가면 언젠가 처음의 벽이 드러나기 마련이다.

어른들이 나오는 소리가 나자 미루는 안색이 변했다. 나는 황급히 미루에게 내 휴대폰 번호를 적어 주었다.

민세 - 잘 외우고 있어?

미루를 만나고 들어와 생각이 많은 밤에도 민세는 메시지를 보냈다. 요 며칠, 밤마다 메시지를 보내서 내 대답을 확인하는 걸 즐기는 것처럼 보였다.

방학을 하면 놀이동산에 가고 지율이네 집에도 가기로 했다. 저번에 가기로 한 게 미뤄져서 방학을 한 뒤로 정해진 것인데, 민세는 내가 걱정된다며 애들 이름과 정보를 적은 쪽지를 주었다. 처음에는 거부감이 들었지만 아이들의 특징, 좋아하는 것, 싫어하는 것 들을 적은 쪽지에는 내가 모르는 정보가 많았다.

쪽지에는 지율이라는 아이가 예민하고 까다롭다고 적혀 있었다. 만년 3등에서 벗어나 1, 2등으로 올라서기 위해 제법 공부를 열심히 하지만, 좀처럼 성적이 오르지 않아서 날카롭다고 했다. 부모님과 언니 모두 공부를 잘하는 집안 환경 때문에 3등으로는 만족할 수 없는 모양이었다. 불쌍하고 자격지심 강한 애다. 내가 한 말실수 때문에 순식간에 분위기가 차가워진 것도 그 때문이었다.

지율이네 집에서 하룻밤 자는 걸 모든 부모가 흔쾌히 승낙한 건 지율이 언니 덕분이었다. 지율이 부모님은 여행을 가고 없을 테지만, 서울대에 다니는 지율이 언니는 우리와 함께하기로 했다. 우리 부모들에게는 그게 꽤 매력적이었던 것이다. 마치 지율이 언니와 친해지기만 해도 좋은 대학교에 들어간다는 듯이. 엄마도 내 외박을 허락해 주었을 정도다.

은요 - 날마다 보고 있어. 거의 외웠어.

민세 - 아무리 네가 아팠다고 하지만 저번 일 때문에 애들이 아직도 서운하대. 특히 지율이가.

서운한 게 아니라 자존심이 상했을 것이다. 나같이 존재감 없는 애에게도 무시당했다고 생각하면 참기 힘들 것이다. 민세가 미리 쪽지까지 만들며 조심시키는 것도 무리는 아니다.

"휴."

가슴이 답답하다. 사방에서 내 뜻과는 달리 옭매어 오는 규칙 아닌 규칙들이 답답하게 여겨진다. 내가 나쁜 과거를 가진 사람이어서 그런 것인지, 아니면 다른 사람들도 이런 걸 힘겹게 견뎌 내고 있는 것인지 궁금하다. 사람들 사이에 가만히 있기만 해도 보이지 않는 투명 테이프로 온몸이 칭칭 감겨 있는 기분이다. 뜯어 버리고 미친 듯이 소리를 치고 싶을 때도 있다. 진정한 자유란 무엇일까? 내가 잘 살기 위해 지켜야 할 규칙들, 예를 들어 수업 시간에는 가만히 있고, 말을 하기 싫은 상황에서도 대화에 동참해야 하는, 규칙. 법으로 정해져 있지 않지만 암묵적인 강요가 깔린 규칙. 어겼을 때는 평범함에서 튕겨 나가야 하고 낙인이 찍혀 버린다. 잔인하다. 내가 다른 사람들과 어울리기 위해서 감내해야 하는 것이 너무 많다.

나 자신이 어떤 사람인지조차 모르겠는데 남까지 이해하고 어울리려고 노력해야 한다는 건 참 어려운 일이다.

민세에게 보낼 답장을 생각하며 민세가 보낸 문장을 바라봤다. 남한테 관심 없고 멍한 나를 챙기는 건 온전히 민세 몫이었다. 아무리 착한 민세라도 언젠가는 이런 나를 견디지 못하고 떠나갈 것이다.

은요 – 미안해, 민세야. 내가

딩동.
느릿느릿 쓰고 있는 대화창 위로 새 메시지가 나타났다.

미루 – 누나! 오늘 만나서 반가웠어! 금요일에 누나 몇 시에 끝나? 내가 누나 학교 앞으로 갈게.

문장 안에 미루 특유의 활기가 넘쳐흘렀다. 미루에게 고민 없이 답을 보내고 나서도 계속 미루의 메시지를 바라보았다.
나는 민세에게 쓰던 답장을 지우고 새로 메시지를 썼다.

은요 – 고마워, 민세야.

미안하다는 말보다는 마음이 훨씬 편해졌다.

금요일이면 모레다. 미루를 만나는 게 반갑기도 하지만, 한편으로는 아무도 알려 주지 않던 과거를 만나게 된다는 것에 불안하다.

유괴 사건이 있었다는 것도 중학교에 들어가서 겨우 알게 되었다. 물론 자세한 내막까지 알 수는 없었다. 나는 어른들이 쉬쉬하는 것을 이해했고, 굳이 알려고 하지 않았다. 무엇을 알게 될지 두려운 마음이 크기도 했다. 엄마처럼 예민하고 아빠처럼 외면하면 그럭저럭 넘어가리라 여겼다.

그런데 이제 용기가 나기 시작했다. 내게 없는 아홉 살까지의 기억. 꾹꾹 막아 두었던 궁금증의 물꼬가 터지려 한다. 미루가 준다는 선물이 굳게 잠긴 문을 열어 줄 것만 같았다.

금요일, 교문 앞에 미루가 서 있었다. 사촌이 올 거라고 말해 두었지만 아이들은 조금 놀라는 눈치였다. 나도 깜짝 놀랐다. 미루는 딴사람 같았다. 평범한 면바지 대신 찢어진 청바지를 입고, 하얀 폴로 티셔츠 대신 그라피티가 그려진 티셔츠를 입었을 뿐인데, 크게 달라 보였다. 그날은 없던 가방과 까만색 귀걸이가 이렇게 달라 보이게 만든 것일까? 머리도 그날은 단정히 내려 모범생 같았는데, 오늘은 왁스로 손질해 힘을 줬다.

"와, 네 사촌 동생 멋있다."

"열여섯이랬지? 여자 친구 있니?"

아이들은 가야 할 길로 가지 않고 그대로 서서 미루에게 질문을 쏟아 냈다. 나는 안 가느냐는 뜻으로 손을 흔들었지만, 그 애들은 본 체도 안 했다.

"우리 먼저 갈게. 안녕."

눈치 빠른 민세가 선수를 치고 오른쪽 길로 혼자 걸어갔다. 나는 머뭇거리다가 민세 뒤를 따랐다. 내 뒤를 미루가 따랐는데, 뭐가 좋은지 혼자 실실 웃고 있었다. 문득 몇 년 전 표정 없는 얼굴로 나를 보던 미루가 떠올랐다. 그때 미루는 무슨 생각을 했을까?

"너희는 여기서 놀 거야? 아니면 버스 타고 다른 데 갈 거야?"

민세 말에 정신을 차리고 보니 벌써 버스 정류장이었다. 미루는 아직도 뭐가 그렇게 웃긴지 웃음을 참고 있었다.

"누나, 이 누나가 제일 친한 누나야? 소개도 안 해 줘?"

"아, 미안."

"난 이민세야. 은요랑 젤 친해."

내가 허둥대자 민세가 알아서 자신을 소개했다. 자신이 생각하는 자신에 대한 소개를. 미루는 결국 배를 잡고 와르르 웃음을 터뜨렸다.

"민세 누나, 우리 여기까지 오면서 서로 말 한 마디도 안 한 거 알아요? 아까 그 누나들한테서 도망치느라. 정신없이. 진짜 쫓기는 사람처럼요."

"아, 정말 그러네. 나도 정신이 없어서…… 미안."

민세가 머리를 긁적이다가 혀를 쏙 내밀었다. 나는 또 깜짝 놀랐다. 민세의 저런 모습은 처음 보았다. 게다가 민세가 낯을 가린다니 상상도 못 한 일이다. 처음 봤을 때부터 친구 하자고 서슴없이 말을 건 민세였기에, 나는 민세에게 그런 점이 있는지도 몰랐다.

"괜찮아요. 민세 누나도 좀 더 같이 있다가 가요. 저녁 먹어요, 네?"

"어? 그럼 그럴까?"

민세는 흔쾌히 초대를 받아들였다. 금요일마다 과외가 있어서 끝나자마자 달려가곤 하던 애가. 과외 오늘 취소된 거야? 눈으로 묻자, 민세는 내 눈을 피했다.

우리는 버스를 타고 햄버거 가게로 갔다. 민세와 내가 나란히 앉고 미루가 내 맞은편에 앉았다. 자꾸 미루가 등에 메고 있는 가방으로 눈길이 갔다. 준다던 선물을 빨리 받고 싶었다. 민세는 모르고 남았겠지만, 얄밉다는 생각까지 들었다. 조바심이 났다. 한시라도, 아니 1분 1초라도 빨리 선물이 내 손에 들어와야 직성이 풀릴 듯했다. 눈치 없이 민세가 천천

42

히 햄버거를 먹었다. 평소보다 더 느리게만 느껴졌다.

"아, 뉴욕에서 왔구나. 그럼 뉴요커네?"

미루가 신 나게 자기 얘기를 늘어놓자 민세가 맞장구를 치며 말했다. 어느새 둘이서만 이야기를 나누고 있었다. 도대체 미루가 왜 만나자고 한 것인지 헷갈리기 시작했다. 가방도 크기에 비해 가벼워 보인다.

"그런데 너 한국말 되게 잘한다. 여덟 살 때면 어릴 때 간 건데, 그냥 똑같네?"

"엄마가 한국어 어눌해져서는 안 된다고 계속 강조했거든요. 밖에서는 영어 쓰고 집에서는 한국말 하고. 한국 방송도 인터넷으로 많이 보고요. 유학 오는 한국 애들하고도 친하게 지내요. 물론 다른 애들하고도 다 친하지만. 제가 붙임성 하나는 최고거든요. 어려운 한자로 된 단어는 잘 모르는데 말하는 건 거의 다 해요."

"좋겠다. 진짜 친구 많을 것 같아."

"그래도 한국에 있는 친구는 별로 없어요. 민세 누나, 나중에 뉴욕 놀러 오면 우리 집에서 지내요. 우리 엄마 친구들도 가끔 와서 자고 가거든요."

"그럴까?"

순간 기분이 안 좋아졌다. 지금 둘이 뭐 하고 있는 건지. 민세가 맞장구를 치는 게 영 농담으로 들리지 않았다.

"너 오늘 과외받는 거 아냐? 과외받는 날은 시간 없어서 밥
도 겨우 먹는다며?"

내 말에서 가시가 느껴졌는지 민세가 당황했다. 유치하다
고 생각했지만, 민세를 빨리 가게 하는 방법은 이것뿐이었다.

"아…… 그래. 나 이제 가야겠다. 늦었다."

민세가 내 눈치를 보면서 일어섰다. 미루는 굳이 밖까지 따
라 나갔다. 나는 남아서 창문 너머로 두 아이를 바라봤다. 아
니나 다를까, 전화번호를 주고받고 있었다. 마음에 안 든다.
저 전화기 여기 있을 때만 잠깐 쓰는 거라고 했는데 뭘 굳이
연락하려고.

"누나, 왜 질투냐?"

돌아온 미루가 장난스럽게 툭 쳤다. 그제야 내 감정의 정체
를 깨달았다. 질투라니. 민세는 친구이고, 미루는 다시 만나
친해진 지 얼마 되지도 않았는데 말이다. 과거에는 미루와 내
가 정말 친남매처럼 친했다고 하던데, 나도 모르게 그때 느
낌이 살아났는지도 모른다.

"아냐."

"누나, 삐친 거 아니지? 우리 감자튀김 더 먹을까? 여긴 미
국보다 너무 양이 적어. 배고프다. 자리도 2층으로 옮길까?"

"그래."

"누나 먼저 올라가 있어."

주문을 하러 가는 미루를 두고 나는 한적한 2층으로 올라
갔다. 그런데 계단참에 며칠 동안 까맣게 잊고 있던 그 여자
애가 있었다. 여자애는 새치름한 표정으로 뒷짐을 지고 벽에
기대 있었다.

　왜? 왜 또 나타난 거야?

　나는 속으로만 중얼거리면서 여자애를 못 본 척 계단을 올
랐다. 여자애 눈길이 나를 따라오는 게 느껴졌다. 2층에 자리
를 잡을 때까지 끝까지 모른 척했다. 눈이 마주치면 미루가
있을 때도 주위를 맴돌 것 같았다. 그럴 리 없겠지만, 미루가
올라오다가 그 여자애와 마주칠 것만 같아 가슴이 두근거렸
다. 미루가 음식을 들고 올라오는 그 짧은 순간이 엄청나게
길게만 느껴졌다. 아홉 살 그날의 문을 열기 위해 기다려 온
8년이란 세월보다 더 길게만 느껴졌다.

4

요술공주 나나

미루가 드디어 가방을 열었다. 가방을 여는 지퍼 소리가 간지럽던 내 심장을 박박 긁는 듯했다. 그런데 그 안에서 나온 건 내 속을 더 간지럽게 만들었다.

물건 자체는 별것이 아니었다. 내 느낌이 그 물건을 특별하게 만들어 주었을 뿐. 낡고 구겨졌으나 보는 순간 아주 중요한 물건이라는 느낌이 들었다. 그리움이 훅 밀려왔다고 할까. 기억에는 없지만 어쩐 일인지 그랬다. 내 머리인지 몸인지 가슴인지에 꾹꾹 눌려 있던 뭔가가 핏속으로 비집고 나올 것처럼 꿈틀거렸다.

"색…… 칠 공부?"

나는 표지에 적힌 낯설지만 낯설지 않은 글자를 읽었다.

"이거 누나가 그때 하던 거야."

'그때'라는 말이 다시 내 마음을 후벼 팠다. 기억 너머 아득한 그날이 내가 안 보는 곳에 존재하고 있었다.

"이런 걸 도대체 어디서 샀지?"

'요술공주 나나'라는 유치한 제목이 쓰여 있었다. 순정 만화 특유의 커다란 눈을 한 예쁜 소녀가 긴 머리를 휘날리며 예쁜 드레스를 입고 웃었다. 떨리는 손가락으로 페이지를 넘겼다. 매 장마다 나나라는 소녀가 나왔다. 나나는 꽃밭을 가꾸거나 뛰어놀거나 운동복을 입고 배드민턴을 치기도 했다. 무엇보다 색연필로 꼼꼼히 칠한 솜씨가 눈에 띄었다. 어린아이치고 꽤나 잘 칠한 거였다. 중간쯤에 칠하다가 만 장면이 있더니 그다음부터는 칠한 게 없었다. 선만 있고 색이 없는 나나들이 이리저리 포즈를 취하며 웃었다.

"누나가 봐도 잘 칠했지?"

미루가 내 속을 꿰뚫은 듯 말했다. 고개를 끄덕일 수밖에 없었다. 색을 고른 것이나 배합이 뛰어나다. 한 면에 한 색만 칠한 게 아니라 색연필을 겹쳐 칠해 효과를 낸 건 어린아이 솜씨치고 일품이다.

"누나 지금은 미술 안 해? 우리 엄마가 그러는데 누나 그때 미술에 소질이 있어서 학원도 다니고 상도 많이 타고 그랬다던데. 천재 소리도 들었대."

누구도 내게 그런 말을 한 적이 없다. 상장도 본 적이 없다.

미술을 좋아해서 관심을 가진 적은 있지만, 엄마가 반대해서 배울 수가 없었다. 작은아빠조차 내가 재능이 부족해 보인다며 시작하지 않는 게 좋겠다고 조언했다. 그렇게 내 기억 중 하나가 철저히 봉인되고 감춰졌던 것이다.

"계속 가지고 있어서 그런지 처음에 이걸 사러 간 날 기억이 생생해. 심심해서 우리 둘이 시골 문방구에 처음으로 찾아갔잖아. 그런데 누나가 나 사 준다던 장난감은 안 사 주고 이것만 사 가지고 나왔거든. 내가 막 울던 게 기억나."

"그래?"

물론 내 기억 속에는 없는 이야기다.

다시 찬찬히 색칠 공부를 훑어봤다. 여기저기 삐뚤빼뚤한 글씨로 뭐라고 낙서가 되어 있었다. 이게 나였구나 싶어 가슴이 저릿저릿하다. 말을 들어서인지는 몰라도 내 것이라는 느낌이 점점 강하게 든다. 내가 이런 칠을 했고, 내가 이런 글씨를 썼고. 이것 자체가 나를 상징하는 것 같았다.

"고마워. 그런데 장난감이고 뭐고 다 버렸다면서 어떻게 가지고 있었어?"

"아빠가 다 없앴는데, 내가 좋아하던 그림책은 남겨 주셨거든. 그 사이에 이게 껴 있었어. 누나, 울어?"

"응?"

내가 울고 있나? 아니다. 우는 표정을 짓고 있지만 눈물은 나오지 않는다. 울고 싶은데도 그런다. 그러고 보면 난 운 적이 없다. 눈물이 나올 것 같은 기분을 느낀 적은 많지만 엉엉 소리 내어 운 적은 없다. 어딘가에 우는 법을 잃어버리고 온 사람처럼.

"난 또…… 누나가 이거 보면 울 거라고 생각했거든. 헤헤, 안 우네."

미루는 마지막 감자튀김을 케첩에 찍어 내 입에 쏙 넣어 주었다. 나는 책가방 깊숙이 색칠 공부를 넣고 지퍼를 채웠다. 다시 내 손을 떠나는 일이 없었으면 하는 마음으로. 드르륵 지퍼 소리가 다시 한 번 내 속을 긁었다.

"아, 씨."

작게 욕하는 소리가 들려왔다. 내가 뱉은 말이 아니었다. 진동이 울리는 휴대폰을 보며 미루가 뱉은 소리였다. 조금 전까지 상냥한 표정을 짓고 곰살맞던 열여섯 살 아이와 동일 인물로 보이지 않았다. 진동이 한 차례 더 울리자, 미루는 마지못한 듯 전화를 받았다.

"왜요?"

여전히 미루가 맞았지만, 너무나 퉁명스러웠다.

"아, 알았어요. 안 그런다고요."

누가 저렇게 미루 얼굴을 굳게 하는지 궁금하던 차에 미루와 눈이 마주쳤다. 미루가 멋쩍은 듯 살짝 웃으며 전화기를 들고 구석 자리로 이동했다. 미루는 한참 삐딱한 자세로 통화하고 돌아왔다.

"누군데?"

"누나는 모르는 사람."

웃으며 말했지만, 뭔가 이상했다. 한순간에 다른 사람처럼 보인 미루가 자꾸 마음에 걸렸다. 무표정하던 미루. 무섭게 자신의 아빠와 나를 보던 열네 살 아이. 아니다. 무서운 표정은 전혀 없었다. 다만 내 느낌이었다. 표정이 없어서 무서웠다. 아무것도 안 보는 것처럼 보였지만 확실히 우리를 보고 있어서 두려웠다.

미루와는 햄버거 가게 앞에서 바로 헤어졌다.

"누나, 오늘 나 만난 거, 그거 받은 거 아무한테도 말하면 안 돼. 알았지?"

미루는 가면서 당부했다. 딱히 말할 사람도 없지만, 나 역시 보물을 혼자 숨겨 두고 봐야겠다고 다짐하던 차였다. 미루는 큰 키만큼 긴 다리로 경중경중 걸어 금세 시야에서 사라졌다. 한 번도 돌아보지 않고서.

그날 처음으로 이상한 꿈을 꾸었다.

그 여자애가 나오는 꿈이었다. 여자애는 고무줄놀이를 하듯 깡충깡충 뛰어다니고 있었다. 내가 가 본 적이 있는 어떤 이층집 마당이었다. 여자애는 혼자 뛰다가 쪼그려 앉아 흙바닥에 그림을 그리며 놀았다. 그러다가 하염없이 대문 쪽을 바라보곤 했다. 대문은 안에서 빗장이 걸려 있었다. 여자애는 누군가 집으로 돌아오길 기다리는 것 같았다.

어딘지 모르게 애틋한 그런 꿈이었다.

"요새 더 기운이 없어 보이네."

"더워서 그래."

엄마가 나를 염려했다. 귀찮다. 또 보약을 짓느니 유명한 병원에 가 봐야 하느니 그런 소리를 늘어놓을 것이다. 숨 막힌다.

내 첫 기억 속 엄마는 윽박지르기만 하는 무서운 엄마였다.

왜 모르는 사람을 따라가!

미쳤어?

애가 겁이 없어!

무섭게 소리를 지르다가 눈물을 흘리며 나를 껴안기도 했다. 미친 건 내가 아니라 엄마인 것 같았다. 다정하게 쓰다듬다가도 금세 앙칼진 소리로 나를 꾸짖었다. 그래서 나는 엄마를 무서워했다. 엄마는 규칙을 잔뜩 만들어 놓았고 나는 따라가기가 버거웠다. 몇 시에서 몇 시까지는 학원에 있어야 하고 몇 시부터는 집에서 밥을 먹어야 했다. 샤워하는 시간도, 화장실에 가는 시간도 내 마음대로 정하지 못했다. 엄마가 정한 시각에 그곳에 없으면 엄마는 불같이 화를 냈다. 점점 엄마가 무섭고 싫어졌다. 내 마음대로 하고 싶었다. 그러나 나는 마땅히 관리되어야 할 대상이었고 부정할 수가 없었다. 나는 기억 못 하는데 다른 사람들이 모두 일어났다고 말하는 사건은 족쇄가 되었다. 어디로 도망갈 수도 없었다. 눈을 감아도 악몽을 꾸었고 눈을 떠도 가위에 눌린 듯했다.

내가 기댈 어른은 작은아빠밖에 없었다. 엄마가 채찍질을 했다면 작은아빠는 당근을 주었기 때문이다. 병원에 가야 했지만, 작은아빠는 내가 그런 아이라는 것을 떠올리지 않게 만들었다. 아빠의 침묵과 엄마의 잔소리는 계속 내가 특별한 아이라는 생각이 들게 만들었다. 그러나 작은아빠만은 나에게 농담을 던졌다.

똑같은 꿈을 일주일째 꾸었다. 대신 현실에서 보던 헛것이 사라졌다. 꼭 내 눈앞에서만 알짱거리던 여자애가 꿈속으로 기어들어 간 것이다. 좋은 일인지 나쁜 일인지 가늠하기 힘들다. 현실에서 여자애를 보면 무섭지 않지만, 꿈에서는 무서웠다. 꿈속의 나는 늘 공포에 질려 그 여자애가 노는 장면을 지켜보곤 했다. 공포 영화 속 한 장면처럼. 곧 무슨 일인가 일어날 것 같아 긴장을 늦출 수가 없었다.

민세 - 우리 약속 안 잊었지?

메시지를 보고서야 방학식이 며칠 남지 않았다는 걸 깨달았다. 방학 보충 수업은 자율적이었는데, 우리 그룹 애들은 모두 학원과 단기 어학연수 핑계를 대고 빠진 터였다. 나는 민세가 말하는 약속이 설레기는커녕 부담스러웠지만 무리에서 튀고 싶지는 않았다. 지율인가 하는 그 애에게 더는 밉보일 수 없었다.

"휴."

또 한숨이 나왔다. 민세에게 뭐라고 답해야 할지 고민이 되어 몇 번이나 메시지를 쓰고 지우다가 휴대폰을 꺼 버렸다. 내가 자기 메시지를 읽었다는 것을 알 텐데 어쩔 수 없었다. 복잡한 머리를 정리하려고 책상 서랍 안에 꽁꽁 숨겨 놓은 색칠 공부를 꺼냈다. 그날 미루에게 받아 온 뒤 일주일 만에 처음 꺼내 보는 것이다.

"요술공주 나나…… 나나."

이름이 입에 익었다. 어린 내가 알고 있던 이름이어서인지 흔하디흔한 이름이어서인지 갈피를 잡을 수 없었다. 책상에 펼쳐 놓은 색칠 공부 위로 엎드려 보았다. 낡은 종이에서 나는 냄새와 색연필 냄새가 섞여 코끝에 맴돌았다.

어느새 나는 그 집에 있다.

이건 꿈이야.

이상하게도 꿈이라는 게 분명히 느껴진다. 그 여자애가 아직 안 보이는데도 그렇다. 빨간 지붕을 한 이층집인데, 복층 구조인지 2층은 높이가 좀 낮다.

마당은 관리를 따로 안 하는지 잡초가 무성하다. 낮은 계단을 몇 개 올라가야 현관문이 있다. 현관문은 조금 열려 있다. 전에는 희미하던 것들이 웬일로 세세히 보인다. 나는 대문을 본다. 여자애가 망부석처럼 오도카니 서서 바라보고 있던 대문을.

굳게 닫힌, 칠이 벗겨진 파란 대문.

대문으로 가서 문을 민다.

문은 끼익 소리를 내며 조금 열리다가 꿈쩍도 안 한다. 뭐가 걸린 걸까? 내 손바닥이 겨우 나갈 정도만 열려서 아무리 어린 여자애라도 나갈 수 없을 것 같다. 나갈 수 없어서였나 보다. 그래서 그렇게 바라보고만 있었나 보다.

"나나!"

돌아보니 그 여자애가 서 있다. 손에는 색칠 공부가 들려 있다. 그런데 왜 나를 나나라고 부르는 거지?

"나나, 왜 이제야 와?"

"어? 난 나나가 아니라……."

그런데 여자애는 나를 지나쳐 그대로 대문 앞까지 달려간다. 내가 아니라 대문 쪽을 보고 소리친 것이다. 대문이 끼이

이익 을씨년스러운 소리를 내며 열린다. 그리고 누군가 들어
온다.

"아!"

눈이 번쩍 떠졌다. 야속하게도. 누군지 보지 못했다. 나나
가 누군데? 문득 얼굴 밑에 깔려 있는 색칠 공부가 보였다.
표지 그림 속 나나가 환하게 웃고 있었다. 나나가 누구인지
알고 싶다. 정말 알고 싶다.

5

시골 할머니 집

방학식 날이 되었다. 교실은 묘한 흥분으로 술렁거렸다. 주말을 지내고 나면 어김없이 빡빡한 스케줄에 휩쓸려 다녀야한다는 것을 알면서 '방학'이라는 말 자체로도 설레는 모양이다. 아이들은 너도나도 붕 떠 있는 듯했다.

우리 그룹 애들도 그랬다. 평소에도 잘 떨던 수다를 오늘은 두 배로 부풀려 떠들어 댔다.

"와, 지율이는 좋겠다. 이번에 캐나다 간다며?"

"하나도 안 좋아. 엄마가 어학연수 삼아 가라는데, 뭐 한 달만에 그게 되냐? 엄밀히 말하면 여행 가는 것도 아니야. 외할머니 댁 가는 거거든. 매년 가는 거라 지겨워."

"야, 그게 어디야? 우리는 서울이란 말이야. 할머니 댁도 버스도 잘 안 다니는 시골이고. 캐나다로 럭셔리하게 가는 네가 그런 소리 하면 안 되지."

"아유, 우리 외할머니도 캐나다에서 시골에 사신단 말이야. 가 봤자 지루해. 가끔 곰도 튀어나와."

지율이는 입을 삐죽 내밀며 말했지만, 아이들은 깔깔대며 자지러졌다. 나는 갑자기 튀어나오는 곰을 상상할 겨를도 없이 멍한 상태에 빠져들었다. 머릿속이 하얗게 변해 버린 것 같았다.

대개 시골에 있는 할머니 집. 여름 방학.

그 사건이 일어나지 않았다면 나도 매년 여름 방학마다 할머니 집에 갔을지 모른다. 기억은 없지만, 초등학교 2학년 때도 나는 미루와 할머니 집에 있었다. 신 나는 여름 방학을 보내기 위해서. 그러나 지금 할머니 집은 금기이다. 집안 문제로 가야 할 일이 있어도 어른들만 내려간다. 명절에도 우리 집으로 할머니가 올라온다. 아마 어른들끼리 그렇게 결정한 모양이다.

나는 할머니 집 주소도 모른다. 알 필요도 없고 알고 싶지도 않다. 어른들은 유난을 떨며 내가 그곳에 돌아갈 수 없게 철저히 조치를 취했다. 정작 나는 기억도 아무 느낌도 없는데.

"야, 신은요, 내일 잠실역 분수대에서 아홉 시에 만나는 거야. 들었지?"

민세가 아닌 다른 애가 툭 건드렸다. 민세 얼굴에 아차 하는 표정이 스쳤다. 나에게 한 번 더 일러 준다는 것을 깜빡한 것이다. 내가 실수를 할까 봐 조마조마한 표정. 민세는 그날 미루와 무슨 이야기를 했는지 물어보지 않았다.

"아침? 밤?"

"얘 또 뭐래?"

또 아이들이 자지러지게 웃었다. 깡통 속에 든 모래알 같은 소리가 났다.

"당연히 아침이지."

민세가 얼른 말해 주었다.

"알아, 알아. 농담이었어."

내 말에 안심한 다른 아이들 눈빛은 벌써 잠실역으로 달려가 있었다. 그러나 내 마음은 잠실역이 아닌 다른 곳에 가 있었다. 그 여자애가 있던 집. 빨간 지붕과 파란 대문이 있는 그 집에 가고 싶다. 어디인지 알 수만 있다면 한달음에 달려갈 것이다. 그 집에 진짜 여자애가 꼭 있을 것만 같아서 조금이라도 빨리 가고 싶다.

군것질을 하자는 의견이 나왔지만, 내일을 기약하며 일찌감치 아이들과 헤어졌다. 오늘 몫까지 내일 열심히 놀자며 흥분하는 모래알 같은 아이들. 엄마네 학교는 우리보다 하루 일찍 방학식을 한 탓에 엄마가 집에 있었다. 엄마 역시 껄끄러웠지만 그래도 집에 있는 게 편했다.

"배고프지? 이것만 하고 우리, 방학 기념 외식하러 가자. 옷 갈아입고 기다려."

엄마는 느긋하게 방학을 즐기지 않고 대청소 중이었다. 바닥을 꼼꼼히 닦느라 바빴다. 주방을 다 닦고 나면 걸레를 빨아야 할 테고, 30분은 족히 걸릴 것이다. 꼼꼼한 엄마가 걸레를 빨지 않고 내버려 두고 나갈 리 없다.

나는 여유롭게 세수하고 옷을 갈아입고도 시간이 남아 책을 읽으려고 책상 앞에 앉았다. 아직 읽지 않은 새 책이 많았지만, 마땅히 보고 싶은 책이 없었다. 애써 잡은 책도 마음이 온통 그 집과 여자애에게 가 있었기에 눈에 들어오지 않았다. 컴퓨터를 켜고 책 대신 색칠 공부를 꺼냈다. 부팅이 되는 짧은 시간 동안 저번에 미처 꼼꼼히 보지 못한 부분을 보려고 천천히 종이를 넘겼다. 다시 봐도 어린아이치고 훌륭한 채색이다.

그런데 세 번째 그림 밑에 낙서가 눈에 들어왔다. 저번에는 그냥 애들 낙서라고 생각하고 대강 봤는데, 자세히 보니까 주소였다. 마치 마법 주문이 짠 나타난 것만 같아 허둥대며 메모지를 찾았다. 사라지기 전에. 가장 먼저 눈에 띈 빨간 볼펜으로 포스트잇에 옮겨 적었다. 주소는 중간까지만 적혀 있었다. 행정 구역상 어느 지역 어느 동네인지. 충분히 외울 수 있어서 굳이 적을 필요도 없는 주소. 나는 그만큼이나 흥분해 있었다.

주소 밑에는 이렇게 적혀 있었다.

빨간 지붕 나나 집

나나의 집? 가슴이 쿵쿵 뛰기 시작했다. 심장 뛰는 게 느껴져서 속이 울렁거렸다. 꿈이라는 것은 뒤죽박죽이라서 색칠 공부의 나나가 느닷없이 뛰어든 거라고 생각했는데, 그게 아니었다. 정말 꿈속에서 여자애가 불렀던 '나나'와 손에 들고 있던 색칠 공부가 빨간 지붕 집과 관련 있는 것이다. 나나의 집이 실존하다니. 우연이라고 하기에는 너무 기가 막혔다.

혹시 몰라서 색칠 공부를 다시 뒤적여 보았지만, 빨간색으로 칠해진 지붕은커녕 집 그림 자체가 없었다. 아홉 살 내가 지어낸 것이라고 하기에는 주소가 진짜 같았다. 어느 곳인지 컴퓨터로 주소를 검색해 보았다. 페이지가 열림과 동시에 엄마가 내 방에 들어왔다.

"가자. 배고프지?"

엄마는 허락도 없이 내 컴퓨터 모니터를 들여다봤다. 열일곱 딸의 사생활을 감시하기 위해 방에 들어온 사람처럼.

"너 여기 어떻게 알았어?"

"뭐가?"

엄마 얼굴에 당황하는 빛이 스쳤다.

"할머니네 동네 누가 알려 줬니? 작은아빠? 기억난 건 아니지?"

예상한 건 아니지만 그다지 놀라지 않았다. 색칠 공부를 산 게 그 동네였으니 그 어디쯤이라고 해도 이상한 일은 아니다. 어쩌면 빨간 지붕 집이 그때 그 장소일지도 모른다. 작은아빠가 나를 발견한 그곳.

"엄마, 나 할 말이 있어요."

갑자기 존대를 하는 나를 엄마가 뜨악한 표정으로 바라봤다. 내가 강하게 요구할 일이 있다는 걸, 말려도 소용없다는 것을 피력하고 싶었다. 강한 의지가 엄마에게도 전해졌는지 엄마는 뭐냐고 바로 묻지 못했다. 내 입에서 어떤 말이 튀어나올지 겁이 난 것이다.

"방학 동안 할머니 집에 가 있게 해 줘."

엄마는 대답하지 않았다. 입술만 달싹거리다가 어렵게 꺼낸 말이 고작.

"빨리 나가자. 배고프다."

"부탁해."

"얘가 무슨 소리야? 밥이나 먹으러 가자니까."

엄마는 내 결정을 못 들은 척하려고 노력했다. 나는 이제 어린애가 아니다. 엄마가 시키는 대로 과거에서 도망치기만 하고 살 수 없다. 겁이 나지만, 그래도 대면하고 싶다. 꽁꽁 묶어 내 마음속 심해에 던져 버린 사건과.

"엄마!"

엄마는 휘청휘청 내 방을 나가 거실 소파에 힘없이 주저앉았다. 엄마 엉덩이는 겨우 소파에 안착했고, 내 마음은 점점 확고해졌다.

"꿈에 나오기 시작했어. 그냥 이제 알아 버릴래."

"안 돼! 안 된다고!"

엄마는 소리를 질렀다. 또 미친 사람처럼 보였다. 조금 전까지만 해도 기분 좋게 외식하자고 말하던 사람과 동일 인물처럼 보이지 않았다. 머리를 정신없이 흔들고 눈을 질끈 감았다. 왜? 내가, 당사자인 내가 괜찮다고 하잖아. 아무리 예민한 사건이라고 해도 엄마의 반응은 과하다. 내가 모르는 뭔가가 엄마를 미치게 만들고 있다. 뭘 숨기는 거야?

"싫어. 난 알 거야. 허락 안 해 줘도 혼자 가 버릴 테니까 그렇게 알아."

갑자기 무슨 용기가 난 걸까. 나 같지 않았다. 여태까지 살면서 무언가를 강하게 원하거나 집착한 적은 한 번도 없었다. 흘러가는 대로 몸을 맡기고 다른 사람이 노를 저어 주는 곳으로 가던 게 나 신은요였다. 그러나 지금의 나는 그곳에 꼭 가고 싶다. 빨간 지붕 나나의 집. 그 여자애가 누구고 왜 내 앞에 나타났는지 알고 싶다.

엄마는 내가 반항한다는 사실만으로도 큰 충격을 받은 것처럼 보였다. 경찰을 불러서라도 나를 감금하고 싶은 듯했다.

"엄마가 뭘 걱정하는지 알아. 좋은 일은 아니었으니까. 기껏 치료받아서 잘 사는데 왜 그러나 싶지? 그런데 엄마는 몰라. 지금 완치된 게 아니라니까? 나 당장 내일 갈 거야."

난 또 다른 형태로 아프다. 기억을 잃음으로써.

엄마는 주저앉았다. 영혼이 빠져나가 버린 얼굴을 하고 풀린 눈으로 먼 곳을 응시했다. 억지로 쥐어 잡은 끈을 놓아 버린 사람 같았다. 한참 만에 엄마는 메마른 목소리로 말했다.

"알았어. 그럼 엄마랑 같이 가자. 그런데 닥터 김이 된다고 해야 해."

닥터 김은 작은아빠가 소개해 준 의사 아저씨, 내 담당 의사다. 아저씨 허락을 받는 건 문제없다. 언젠가 아저씨는 내가 진실과 대면해 보는 것도 좋겠다는 의견을 내비친 적이 있었다. 내 보호자로 곁에 있던 작은아빠가 반대했지만.

엄마는 떨리는 손가락으로 병원에 전화를 걸었다. 말 잘 듣는 어린아이인 줄 알았던 내가 어느새 주관이 뚜렷해진 걸 자랑스러워해야 할지, 속상해해야 할지 모르겠다는 표정이었다.

6
여행길

아침밥을 먹는 둥 마는 둥 하고 엄마 차를 탔다. 엄마는 어제 몇 통의 통화 끝에 내 행보를 결정지었다. 먼저 의사 아저씨에게 내가 할머니 집에 가도 좋은지 물었다. 아저씨가 뭐라고 했는지는 모르지만, 엄마는 담담한 표정이었다. 이어서 할머니에게도 전화를 걸어 허락을 구했다. 할머니는 만류하는 것 같았지만, 엄마는 결심한 듯 내가 더는 어린애가 아니라는 점을 강조했다. 솔직히 놀랐다. 엄마가 냉정하게 내 편을 들어 줄지 몰랐다.

내 기억이 꿈속에서나마 돌아오고 있다는 사실, 그것은 일종의 신호일지도 모른다. 사실을 그대로 받아들이며 살아갈 수 있는 나이라는 신호. 나는 엄마에게 설명했다. 엄마는 한숨을 내쉬며 신호를 용케 이해해 주었다.

세 번째 허락은 출장 중인 아빠에게 구했다. 역시 아빠는 아무래도 상관없었던 듯 짧은 통화로 허락해 주었다. 언제나 무관심한 아빠. 내 아빠라는 자리만 유지하고 있는 아빠. 작은아빠에 비하면 남이나 다름없는 사람이다. 엄마도 같은 생각이 들었는지 모두에게 당부했다. 작은아빠에게는 군이 알리지 않는 게 좋겠다는 당부.

"너도 작은아빠 쪽에는 말하지 마. 난리 난다."

작은아빠 '쪽'이라는 말에는 미루도 포함되어 있다. 어떻게든 작은아빠 귀에 들어가는 게 달갑지 않은 것이다. 누군가와 통화할 때 일순간 차가워지던 미루 얼굴이 떠올랐다.

할머니 집이 있는 동네와 인연을 끊길 가장 바란 건 작은아빠였다. 내 심리 치료에 도움이 안 된다며 강력히 주장했고, 심지어 할머니도 서울로 모셔 와 그곳과 모든 인연을 끊어야 한다고 했다. 그러나 할머니는 평생 삶의 터전이던 그곳에 끝까지 남겠다고 고집을 부렸다.

엄마는 학원 선생에게 전화를 걸어 내 수업을 빼고, 엄마의 방학 중 숙직 등 일정을 정리하고 통화를 마무리했다. 일사천리라는 말이 딱 맞았다. 나는 엄마의 행동력과 추진력에 감탄했다. 철저한 엄마가 처음으로 존경스러웠다.

"연수 기간 전에 서울에 와야 하니까 딱 2주일만 있다가 오는 거다, 알았지?"

"엄마는 와. 난 계속 있을래. 할머니가 있잖아."

"말도 안 되는 소리 하지 마."

엄마는 아직 완전히 마음이 놓이지 않는 모양이었지만, 오히려 나는 혼자 머물고 싶었다. 굳이 고집 부리지 않는 것은, 혼자 가 있겠다고 하면 절대로 허락하지 않으리라는 걸 알기 때문이다. 8년 전 그 사건 때문에 엄마는 할머니를 못 미더워하는 듯했다. 작은아빠가 나를 위해 백방으로 뛰는 것에 고마워하면서도 아직까지 원망하는 마음을 가지고 있는 것 또한 같은 이유였다.

고속 도로에 진입하고 나니 마음이 편해졌다. 할머니 집이 하나도 기억나지 않았지만, 꿈속 빨간 지붕 집과 비슷하리라 상상해 보았다. 출발한 지 30분쯤 지났을 때일까, 민세에게 전화가 왔다.

"은요야, 어디야?"

"응? 어디냐니? 나 엄마랑 어디 좀……."

아차. 말을 하다가 깨닫고 말았다. 나에게도 정리할 스케줄이 있다는 것을. 잠실역 분수대 아홉 시. 밤 아홉 시가 아니라 아침 아홉 시.

"아, 어떡해? 나 깜박했어."

"에이, 거짓말 마. 애들 다 왔어."

"진짜야. 미안해, 민세야."

"그럼 아직 집이야? 늦게라도 와. 우리 먼저 들어가 있을게."

"아냐. 나 못 가. 나 지금 시골 가는 중인데, 몇 주 뒤에 올라갈 거야."

"무슨 일이야? 혹시 누가 돌아가셨니?"

"아니. 그런 건 아니야."

전화기 너머로 아무 소리도 들리지 않았다. 전화가 끊어졌나 했을 때 작게 한숨 소리가 들려왔다. 심장이 덜컹 내려앉게 만드는 한숨이었다. 차라리 가까운 친척이 돌아가셨다고 거짓말이라도 할걸, 후회가 되었다. 갑자기 요란한 소리가 나더니 전화기 너머에서 지율이 목소리가 튀어나왔다.

"나 지율인데, 왜 집이야? 늦잠 잤어? 늦게라도 와. 너 안 오면 짝이 안 맞잖아. 둘씩 타는 거 많은데, 그럼 민세는 어떻게 해?"

아마 민세가 말하는 소리만 듣고 아직 내가 집에 있다고 짐작한 모양이다. 하는 수 없이 나는 민세에게 한 대답을 반복했다. 거짓말로 둘러대기에는 늦었다. 지율이는 어이없어하며 웃었다.

"너 진짜 깬다. 친구라고 챙기는 민세가 불쌍하다."

내가 뭐라고 하기도 전에 전화가 끊겼다. 전화가 이어졌다고 해도 저지른 일이 엄청나서 변명할 말도 없었다. 왜 까맣게 잊고 있었을까? 어제 할머니 집 가는 걸 결정하고 나서 대충 사정을 설명하고 사과했으면, 다른 애를 데려가든가 이해해 주었을 것이다. 우리가 놀이공원에 간다는 말을 듣고 자기도 끼워 달라던 애가 생각났다. 짝이 안 맞아서 못 끼워 줬는데.

"무슨 일이니? 오늘 약속 있었어?"

"아무 일도 아니야."

엄마에게 구구절절 설명하고 싶지 않았다. 설명하면서 마음이 저릿저릿할 것만 같았다. 몇 번 지웠다 썼다를 반복하다가 겨우 내용을 만들어 민세에게 보냈다.

은요 - 민세야, 미안해. 그런데 정말 나에겐 중요한 일이야.

은요 - 중요하고, 갑작스러웠어.

은요 - 믿어 줘.

메시지를 보고 나를 용서해 줄까? 늘 나를 이해해 주는, 착하기만 한 민세가 그렇게 깊은 한숨을 내쉬다니 마음이 무너져 내렸다. 창밖 풍경을 보면서 지워 보려 했지만, 자꾸 한숨 소리가 귓가에 맴돌았다.

"어이구, 우리 강아지."

할머니가 대문 밖까지 나와 껴안고 등을 토닥여 주었다. 열린 문 너머로 보이는 대청마루에는 상보가 덮인 점심상이 차려져 있었다.

"운전하고 내려오느라 솔찬히 고생했다. 배고프제?"

"아니에요, 어머님. 오늘 저희 때문에 밭일 못 하신 거 아니에요?"

"아니다. 새벽에 나갔다 왔제. 낮에는 볕 뜨거워서 일 못항께."

할머니 집 대문도 파란색이었다. 동네에 파란 대문을 한 집이 제법 보였다.

왕왕.

성급히 대문을 들어서던 나를 거친 소리가 맞았다. 커다랗고 누런 개 한 마리가 나에게 적의를 내보이며 이빨을 드러냈다.

"쉬쉬. 싸게 조용히 해부러라!"

할머니가 빗자루를 들고 몇 번 땅을 치자 개는 용케 알아듣고 짖는 걸 멈추었다. 진돗개랑 섞인 것 같은 잡종이었다. 똥개라도 머리는 제법 좋은지 할머니가 나를 대하는 태도로 상황을 눈치채고는 금세 내게도 꼬리를 치기 시작했다.

"할머니, 얘 이름 뭐예요?"

"누렁이."

"누런색이니까 누렁이예요?"

단순한 이름에 슬며시 웃음이 나왔다. 누렁이는 내 웃음에
더 마음이 놓였는지 주위를 빙빙 돌며 꼬리를 쳤다. 날 탐색
하는 것처럼 여겨졌다. 아주 작은 애완견이 아닌 큰 개를 처
음 본 나는 누렁이 머리를 쓰다듬기 겁이 나 가만히 있었다.
누렁이는 곧 흥미를 잃고 마루 밑으로 기어들어 갔다. 그런
데 세상에. 마루 밑에 꼬물거리는 작은 강아지들이 있었다.

"우와! 할머니, 이 강아지들 뭐예요?"

"누렁이가 새끼 하나는 허벌나게 많이 낳아부렀제."

"진짜 귀엽다. 누렁이 너 그래서 날 경계했구나?"

알고 보니 낯선 손님이 자기 새끼를 해코지할까 봐 이빨을
드러낸 것이다. 인간이나 개나 새끼 때문에 방어막을 치는 건
똑같구나 싶어 절로 엄마를 보게 되었다. 엄마는 단호한 표
정으로 고개를 절레절레 흔들었다.

"강아지는 절대 안 돼. 저게 저렇게 작아도 나중에 누렁이
만큼 커져. 그걸 아파트에서 어떻게 키워?"

내 눈빛을 잘못 판단한 엄마는 내가 조를까 봐 그러는지 서
둘러 밥상 앞에 앉았다.

"맛있겠어요, 어머님. 잘 먹을게요."

꼬르륵. 엄마 말이 신호라도 된 듯 배가 미치도록 고파졌
다. 엄마 옆에 앉아 숟가락을 들었다. 서울에서는 절대 손도

안 대던 나물 무침이랑 오이 무침이 꼴딱꼴딱 넘어갔다. 할머니가 직접 기른 싱싱한 채소에 쌈을 싸 먹으니 꿀맛이었다. 평소에 밥 반 그릇을 못 넘기는 엄마도 한 그릇을 뚝딱 해치웠다.

나는 못 본 척 꾸역꾸역 쌈을 밀어 넣었다. 엄마가 다르게 보였다. 서울에서는 규칙을 세우고 호시탐탐 나를 감시하던 엄마가 내 제안을 받아들여 준 것부터가 혁신이었다. 내 말이 이렇게 쉽게 먹힐 줄 알았으면 진작 엄마에게 많은 말을 했을 것이다.

애틋한 눈빛으로 엄마를 바라보던 나는 정확히 10초 뒤에 그 눈빛을 거두었다. 엄마가 가방에서 내 문제집을 잔뜩 꺼낸 것이다. 이곳에 온 목적이 무엇이든 간에 엄마에게 가장 중요한 건 역시 공부였다.

엄마가 내 공부 계획을 짜는 동안, 나는 이장 아저씨가 뚝딱뚝딱 만들어 주었다는 대나무 평상에 앉았다. 마당 한쪽에는 대나무 밭이 우거져 자연스럽게 벽을 이루고 반대쪽에는 별로 높지 않은 담장이 옆집과 이 집을 구분 짓고 있었다. 할머니 집은 차로 들어오기 힘든 골목 끝 집이었다. 골목은 차가 한 대 들어오기 충분한 너비였으나, 문제는 집집마다 기르는 개들이었다. 내가 앉은 차 오른쪽 창문으로는 확 트인 논밭이 있고, 왼쪽 창으로는 순식간에 튀어나오는 개들이 심심찮게 보였다. 집 하나를 지날 때마다 한두 마리씩 튀어나오더니 줄줄이 일렬로 늘어선 집을 다 지났을 때쯤에는 열댓 마리가 쫓아오고 있었다.

그 개들 중에서 가장 끈질긴 녀석은 아직도 대문 앞에 주차된 우리 차 뒤에 서 있었다. 열린 대문 사이로 녀석의 까만 털이 왔다 갔다 하는 게 보였다.

"할머니, 검은 개도 우리 개예요?"

"저놈? 옆집 검둥이 말하는 거여?"

할머니는 그 스토커 같은 녀석을 검둥이라 불렀다. 역시 단순한 이름이었다. 이 마을 유행이 그런 것인가.

"워매, 끈질긴 놈. 저래 봬도 누렁이 신랑이랑께."

"예?"

놀라서 마루 밑 강아지들을 살펴보았다. 검둥이 강아지, 누런 강아지 다 있었다. 아직도 검둥이는 우리 차를 지켜보다가 으르렁거리기도 하면서 시간을 보내고 있었다. 누렁이가 스토커 같은 놈에게 꼬여 억지로 결혼한 건 아닐까.

"가! 너희 집에 가!"

할머니가 빗자루를 들어도 검둥이 녀석은 꿈쩍도 안 했다. 오히려 갑자기 포악해지더니 우리 차 뒷바퀴 타이어를 물고 늘어졌다.

"엄마, 타이어 터지겠다!"

"뭐? 왜 터져?"

놀란 엄마까지 대문 밖에 나갔지만, 녀석은 우리가 말리려고 할수록 더 날뛰었다.

"워매, 워매, 저놈이 왜 저런다냐."

"어머, 차 긁히겠네!"

한참 '워매'만 외치던 할머니는 검둥이가 타이어가 아니라 차 트렁크로 올라탈 듯 뛰자, 부리나케 옆집으로 달려갔다. 엄마와 나는 검둥이 소리와 행동에 놀라 정신이 쑥 빠져나간 상태였다. 내가 마당에 있는 가마니를 던졌지만, 녀석은 잽싸게 피했다.

"야, 밥 먹어!"

어디서 우렁찬 목소리가 들리더니 마법처럼 검둥이가 멈추었다. 검둥이는 갑자기 순한 강아지가 되어 혀를 내밀고 꼬리를 흔들며 목소리의 주인공에게 달려갔다. 내 또래로 보이는 다부진 체격의 남자애였다. 할머니는 꼭 놀이터에서 다른 애에게 맞고 엄마를 데려온 어린아이처럼 씩씩대며 그 옆에 서 있었다. 구부정한 할머니가 더 작게만 보였다.

"저놈 나아쁜 놈 혼쭐을 내줘부러, 응?"

"아, 할망구가 빗자루 드니까 더 그러지. 꼰대같이 그게 뭐야? 매보다는 밥, 오케이?"

남자애는 시원하게 말하더니 검둥이를 앞세우고 옆집으로

쏙 들어갔다. 이 시골에 저런 싸가지가 있는 게 신기해서 나는 그 애 뒷모습을 계속 지켜봤다. 뒷모습도 싸가지가 없어 보였다.

7

싸가지 장우진

싸가지 이름은 장우진이었다. 할머니는 그 애와 내가 동갑이라며 친하게 지내라고 했지만 생각할수록 마음에 안 들었다. 자기 집 개가 하는 짓을 봤으면 바로 사과했어야 옳다. 나와 엄마가 놀라 소리를 지르는 걸 보면서도 사과는커녕 괜찮으냐는 말 한마디 없었다. 나는 검둥이 발톱에 뒤가 긁힌 우리 자동차를 보면서 주먹을 꽉 쥐었다.

할머니는 싸가지를 친손주인 나보다 가깝게 여기는 듯했다. 모처럼 갈비찜을 했다며 내 몫보다 그 녀석 몫을 더 많이 덜어 가져다주었다. 좀처럼 만날 일 없는 미루와 나보다는 이웃집 남자애가 가까울 테지만, 예의 바르고 다정한 미루와 비교하면 너무 버릇없는 녀석이었다.

다음 날, 아침 일찍부터 엄마는 학술 대회인지 뭔지에 발표

할 연구문을 쓴다며 노트북을 꺼냈다. 어쩐지 꿍무니가 무겁다 했더니 차 트렁크에는 어려워 보이는 학술서가 가득했다. 반 이상은 낡아 빠져서 책장을 넘기면 그대로 종이가 바스러질 것처럼 보였다.

한편으로는 나 때문에 일거리를 죄다 끌고 이곳으로 온 것 같아서 미안해졌다. 엄마가 그러듯 나도 엄마에게 조금은 관대해질 수 있었다.

"엄마, 일 많아?"

"괜찮아. 이건 많은 것도 아냐. 참, 너 괜찮니?"

"뭐가?"

"괜찮으면 됐어. 아무것도 아니야."

엄마는 이곳에 오는 것 자체로 내게 무슨 일이 생길지도 모른다고 생각했나 보다. 할머니 집을 보는 순간 갑자기 기억이 되살아나서 충격을 받고 게거품을 물며 발작이라도 일으킬까 봐 걱정한 것이다.

"걱정 마. 엄마. 나 이 앞에 나갔다가 올게."

"가긴 어딜 가?"

"오늘 할 공부 벌써 다 했단 말이야. 여기까지 와서 집 안에만 있을 거면 왜 왔겠어?"

"그렇긴 하지만……."

엄마가 말끝을 흐리는 사이에 서둘러 밖으로 나왔다. 내가 빨간 지붕 집을 찾아가려고 한다는 걸 엄마는 꿈에도 모를 것이다.

할머니 집에서 자고 나온 걸 봐서인지 이웃 개들은 어제와 달리 시큰둥했다. 꼭 누렁이가 마을 개들을 모아 반상회를 열어, 주인 손녀라고 일러두기라도 한 것처럼. 어쩜 저렇게 똑같이 단결한 걸까 신기하기만 했다.

나는 죽 늘어선 집들을 하나씩 눈여겨보며 걸음을 옮겼다. 파란 대문 집은 많지만, 대부분 단층집이었다. 꿈속 그 집처럼 빨간 지붕을 한 이층집은 눈에 띄지 않았다.

"야, 어디 가?"

한 집 한 집 살피는데, 뒤에서 우렁우렁한 목소리가 나를 멈춰 세웠다. 돌아보니 그 애였다. 싸가지, 장우진.

"나 알아?"

할머니가 나와 친하게 지내라 어째라 했을 게 뻔하지만, 일부러 모른 척했다. 어제 사과를 못 받은 복수랄까.

"말하기 싫으면 마."

싸가지는 역시 싸가지다웠다. 내가 뭐라고 하든지 상관 안 하고 바로 포기하기. 진정한 싸가지의 자세다. 어이가 없어서 그 애가 집으로 들어갈 때까지 지켜봤다. 그 녀석은 한참 서 있더니 들어갔다. 담배라도 피우려다, 내가 있어서 못 그런 건가? 여하튼 다행이다. 나한테 관심을 기울이는 건 달갑지 않다. 난 혼자이고 싶다.

지금쯤 애들은 지율이네 집에 모여 있을 거였다. 토요일에 놀이동산, 일요일에는 지율이네 집에서 자는 것이 방학을 알차게 시작하기 위한 우리 스케줄이었다. 밤새 무엇을 하며 놀지 준비하는 것만으로도 다들 재미있어 했다. 내가 준비하기로 한 건 영화다. 누구는 게임, 누구는 간식을 준비하기로 역할을 나눴다. 민세는 내가 영화 세 편을 골라 오는 걸 잊을까 봐 두 번이나 확인했다. 민세는 아직도 많이 화가 났을까? 메시지를 읽었다는 표시는 있지만, 답은 없었다. 내가 고른 영화 세 편을 알려 주며 한 번 더 메시지를 보냈다.

은요 - 나 사실 여기서 찾아야 할 게 있어.
은요 - 그래서 내려온 거야.

메시지를 쓰고 나니까 마음이 좀 홀가분해졌다. 모든 걸 말할 수는 없지만, 그나마 이렇게라도 내 상황을 전할 수 있는 건 민세뿐이다. 지금 와서 생각해 보면 늘 유령처럼 지내 온 나에게 친구라고 말할 수 있는 사람도 민세뿐이다. 그동안 호기심도 의지도 내게는 없었다. 학교에서 선생님이 시키는 대로, 집에서 엄마가 시키는 대로 움직이는 말 잘 듣는 로봇일 뿐이었다.

그런데 이제야 어떤 목표가 생겼다. 정확히 그게 뭔지는 모르지만, 일단 지금은 빨간 지붕 집을 찾는 게 먼저다. 집을 찾고 나면 그다음에 해야 할 일을 자연히 알게 될 것이다.

잠시 기다렸지만, 역시 답장은 오지 않았다. 다시 집으로 눈을 돌렸다. 비슷비슷하게 생긴 시골집들이 늘어서 있었다. 빨간 지붕 집은커녕 꿈에서 본 2층 양옥집과 비슷하게 생긴 집도 보이지 않았다.

어느새 나는 길 끝까지 갔지만, 비슷한 지붕을 찾을 수 없었다. 손바닥으로 햇빛을 가리고 멀리 보니 산기슭에도 집들이 모여 있었다. 그쪽으로 천천히 걸었다. 급할 건 없다. 아직 해가 중천이다. 2주일은 길다면 긴 시간이다.

좁은 길에는 나무 한 그루 없었다. 땡볕에 정수리가 뜨거워졌다. 강렬한 빛과 대비되어 그림자는 햇볕에 탄 것처럼 새까맸다. 나는 내 그림자를 밟아 가면서 앞으로 앞으로 걸어갔다. 머리가 어지러웠지만 견딜 만했다.

"신은요?"

작은아빠가 나를 불렀다. 그게 내 첫 기억이었다. 나는 어딘가 어두운 곳에 갇혀, 귀를 막은 채 떨고 있었다. 작은아빠 목소리가 기묘했다. 내 이름을 부르는데도 어떤 감정을 담아 말하는 것인지 모를 정도로 뒤틀려 있었다. 내가 있던 곳은 어둡고, 밝은 반대로 눈부시게 밝았다. 역광이어서 작은아빠 얼굴에 그림자가 졌다. 작은아빠라는 건 분명히 알았지만, 그 얼굴이 어떤지는 볼 수 없어 조금 무섭게 느껴지기도 했다. 그때 작은아빠는 어떤 표정이었을까?

너 왜 여기 있어!

머릿속에 화난 작은아빠 목소리가 들려왔다.

"아악!"

머리가 핑 돌았다. 다리에 힘이 풀렸다. 휘청하는가 싶더니 어느새 나는 제자리에 주저앉아 있었다. 사정없이 햇볕이 내리쬐었다. 볕이 내 사정을 봐줘 가면서 내리쬐어야 하는 것도 아닌데, 괜히 서러웠다.

그때 그림자 하나가 내 옆에 나타났다. 누구? 아주 작은 그림자였다. 빈혈 때문에 눈앞이 뿌옇게 되어서 누군지 알아볼 수 없었다. 나는 그림자 주인에게서 한참 눈을 떼지 못했다. 초점이 맞을 때까지 그러고 있었다.

힛.

그림자 주인이 웃었다. 아니 웃은 것 같다. 바람 새는 소리 같은 웃음소리.

"누, 누구야?"

나는 엉덩이를 뒤로 밀며 물러났다. 점점 상이 모여 또렷해졌다.

그 애였다. 그 여자애.

"너……."

여자애는 빙긋 웃으며 깡충깡충 뛰었다. 꿈속에서 보았던 것처럼 춤을 추듯 그러고 놀았다. 안심이다. 눈앞이 제대로 보였을 때, 다른 무시무시한 걸 보게 될까 봐 두려웠다. 여자애여서 다행이다.

곧 머리가 맑아지고 다리에 힘이 들어갔다. 내가 일어서자 여자애가 어디론가 쪼르르 달려갔다. 꼭 참새가 날아가는 모양새였다.

"어디 가?"

여자애는 저만치 가서 섰다. 내가 따라가자 다시 또 쪼르르 도망갔다. 내가 따라오길 바라는 눈치다. 나는 또 내달렸다. 여자애는 자꾸 나를 돌아보면서 뛰었다. 내가 너 같은 꼬맹이를 못 쫓아갈까 봐? 난 어차피 널 따라가야 해. 내가 찾는 곳은 나나의 집이고, 거기 가는 길을 아는 사람은 너잖아.

나는 몸이 덥다 못해 뜨거워질 때까지 여자애를 쫓아갔다.

"야!"

갑자기 누군가 강한 힘으로 어깨를 잡았다. 마법에서 깨어난 것처럼 다리에 다시 힘이 풀려 하마터면 넘어질 뻔했다.

"정신 차려!"

남자 목소리였다. 퉁명스럽고 싸가지 없는.

싸가지 장우진이 나를 부축하고 서 있었다. 여자애는 간데없이 사라졌다. 그 애가 길을 알려 주려고 했는데. 빨간 지붕 나나의 집에 갈 수 있었는데. 싸가지가 등장하는 바람에 여자애가 가 버렸다.

"너 때문이야……."

"뭐라고?"

"너 때문에 망했다고!"

"이게 죽으려고 환장을 했나? 넌 저거 안 보여!"

싸가지가 내 옆을 가리켰다. 물이, 그것도 꽤 많은 물이 한참 밑에 흐르고 있었다. 까마득한 아래에서 입을 벌리고 있었다.

"엄마야!"

나도 모르게 몸을 뒤로 뺐다. 싸가지가 내 티셔츠 목덜미를 꽉 움켜잡았다.

"야, 조심해. 떨어져."

나는 한 사람이 겨우 지나갈 법한 좁은 폭의 시멘트 다리 위에 있었다. 다리는 개울에서 3미터쯤 되는 높이에 있었다. 아슬아슬했다. 맨 정신이라면 발을 디디기 어려울 다리다. 사실 다리라고 하기도 어려울 정도로 어설프고 위험해 보였다.

눈짐작으로 거리를 가늠해 보니 내가 있는 곳은 할머니 집과 꽤 떨어진 산 아래쪽이었다. 언제 여기까지 왔는지 놀라웠다.

"완전 정신 나간 사람처럼 가길래 잡아 줬더니, 뭐?"

"걱정 마! 너 아니라도 안 떨어졌어. 안 빠졌을 거야."

여자애가 떨어지게 놔두었을 리 없다. 모르고 건넜으면 잘 건너갔을까. 그랬겠지? 눈에 보이는 게 때로는 걸림돌이 되기도 하는 법이다.

"그러셔?"

싸가지가 코웃음을 치며 내 무릎을 가리켰다.

"어딜 가시는지 모르지만, 그거나 좀 어떻게 하고 가지?"

내 무릎이 깨져 피가 철철 흐르고 있었다. 아까 다리에 힘이 풀려서 주저앉았을 때 다친 모양이다. 상처를 보고 나서야 쓰라렸다. 역시 시각은 인간에게 많은 영향을 미친다.

"이건 아까……."

빈혈 때문에, 햇볕 때문에 어지러워서 다친 거야.

대답하려고 했는데, 싸가지는 벌써 저만치 멀어져 가고 있었다. 싸가지답게 행동도 재빠른 녀석이다.

8

귓속말을 하는 사람

"더위 먹은 데는 이게 최고제."

할머니가 어디선가 가져온 커다란 수박을 내왔다. 수박은 칼을 대자마자 기다렸다는 듯이 쩍 갈라졌다.

"그러니까 어딜 그렇게 다녀? 엄마가 그냥 집에 있으라고 했잖아."

엄마 말을 무시하고 수박을 한 조각 집어 입안 가득 베어 물었다. 시원하고 달콤한 맛이 입안에 퍼지자 기분이 좋아졌다. 할머니가 혀를 끌끌 찼다. 몸이 허해서 그런 거라며 당장 닭을 잡아야겠다고 물을 끓였다.

"우진이 오래서 같이 고아 먹어야 쓰겄다. 갸가 닭 하나는 잘 잡제."

"할머니, 그냥 우리끼리 먹어요."

"오늘 그 집에 엄마 아빠가 없응께."

할머니는 기어코 그 녀석을 불러왔다. 부모가 어딜 간 건 그 집 사정인데, 더구나 내가 싫다는데도 한사코 챙기는 걸 보니, 할머니는 역시 나보다 그 녀석이 우선이었다. 싸가지 없는 그 얼굴을 떠올리기만 해도 입맛이 뚝 떨어지는 걸 알기나 할까.

"나 왔어."

녀석은 대문을 들어서자마자 퉁명스럽게 말을 툭 던졌다. 말을 그따위로밖에 못 해? 쏘아 주려고 했지만, 녀석은 내게 눈길도 주지 않았다. 그래도 엄마에게는 꾸벅 허리를 굽혀 인사를 하고 닭장을 열었다.

꼬꼬댁!

예사로운 닭 울음소리와 날갯짓 소리가 나더니 조금 뒤 도저히 닭이 내는 소리라 할 수 없는 처절한 울부짖음이 들려왔다. 나는 읽던 책으로 눈을 돌려 버렸다. 글자가 눈에 들어오지 않았다. 녀석이 닭 모가지와 날갯죽지를 잡고 있는 모습을 언뜻 본 것 같았다.

녀석은 닭과 함께 뒷마당으로 갔다. 뒷마당에는 할머니가 물을 끓여 놓은 커다란 가마솥이 있었다. 그곳에서 무슨 일이 벌어지는지는 신경 쓰고 싶지 않다. 목을 비틀고 털을 뽑고……. 대충 어떻게 하는지 알고 있다. 닭의 죽음. 내가 즐겨

먹는 치킨이라는 음식이 사실 닭을 죽여 만든다는 건 너무도 당연하게 알고 있다. 그러나 막상 방금 전까지 내 앞에서 살아 움직이던 닭이 죽는다고 생각하니 소름이 돋았다.

꿱!

무슨 소리가 난 것 같다. 얼른 귀를 막고 눈을 감았다. 그때 누군가 내 귀에 속삭였다.

아무것도 보지 말고, 아무것도 듣지 마.

이건 누구 목소리지? 귓가에 상대가 내뿜는 숨결이 생생하게 느껴졌다. 너무 작고 낮은 소리여서 여자 목소리인지 남자 목소리인지도 구분되지 않았다.

뭔가 또 작은 소리가 들렸다. 처음에는 중얼거리는 소리더니 점점 커졌다.

"은요야, 괜찮으냐니까?"

이건 누구지? 민세인가? 민세는 늘 나에게 괜찮으냐고 물었지.

"은요야, 신은요!"

몸이 흔들렸다. 흐려졌던 초점이 모여 눈앞의 상이 모습을 드러냈다. 엄마가 나를 보고 있었다. 난 양 손바닥으로 귀를 꾹 막고 있었다.

"뭐 해?"

"그냥…… 엄마가 혹시…… 귓속말했어?"

"그렇게 귀를 막고 있는데 어떻게 귓속말을 해? 너 어디 아픈 거 아니야?"

"아냐. 귀에 벌레가 들어간 것 같아서. 이, 이제 나왔나 봐."

그제야 엄마는 얼굴을 풀었다. 그럴듯한 변명을 잘 생각해 낸 덕분이다. 어쭙잖게 둘러댔더라면 엄마는 당장 병원에 끌고 갔으리라.

"이러고 있지 말고 엄마랑 상 차리자. 어머님, 김치랑 소금만 놓으면 돼요?"

엄마가 앞장서서 부엌에 들어가자, 앞마당에는 나와 누렁이뿐이었다. 선풍기를 코앞에 틀어 놨는데도 내 온몸이 땀범벅이었다. 누렁이가 끄응 소리를 내며 고개를 갸우뚱했다. 내가 방금 어떤 모습이었을지 짐작이 됐다. 꼭 가위에 눌린 사람 같았을 것이다. 기분도 그랬다. 분명 잠이 든 건 아니었는데.

할머니가 백숙을 가지고 나왔다. 토종닭이라 크다더니 정말 컸다. 커다란 쟁반 가득 닭이 담겼다. 만약 저 닭으로 치킨을 만들었다면 보통 우리가 아는 한 마리의 세 배 분량은 나왔을 것이다. 크기만큼 무게도 만만치 않아서 할머니와 싸가지가 같이 들고 겨우 옮겼다.

"많이 먹고 닭죽도 꼭 먹구 가, 알겠냐?"

싸가지가 고개를 끄덕였다. 안 그래도 녀석은 잘 먹고 있었다. 뜨겁지도 않은지 맨손으로 닭 가슴살을 죽죽 길게 찢어서 소금에 쿡 찍어 돌돌 말아 입에 넣었다. 닭 다리 한쪽이 녀석 몫으로 돌아간 건 당연한 일이었다. 할머니가 닭 다리는 남자가 먹어야 한다며 싸가지에게 건네자 엄마가 재빨리 남은 닭 다리를 챙겨 내 그릇에 놓아 주었다.

"우리 은요가 정말 요즘 기가 허해서요."

"워매, 어쩐다냐?"

할머니는 잠깐 안쓰러운 눈빛으로 나를 바라봤지만, 이내 싸가지에게로 눈길을 돌렸다. 혹시 저 녀석이 할머니의 숨겨 놓은 친손자가 아닐까 하는 생각이 들었다.

엄마는 그런 할머니가 원망스러운 눈치였다. 안 그래도 어릴 적 그 사건 때문에 할머니를 원망하던 차였으니 뿌리 깊은 감정이다. 나는 상관없다. 할머니는 아빠의 엄마다. 아빠가 나에게 무심한 게 한두 해 일이 아니었으니까 낯설지 않다. 엄마는 그런 아빠 때문인지 더욱 애달픈 감정으로 나를 대했고, 오히려 나는 그게 진저리가 나는 것이다. 이성적이고 논리적이며 때때로 농담을 던지는 작은아빠가 훨씬 편했다.

정말 작은아빠에게 이곳에 온 걸 숨겨도 되는 걸까? 미루에게는? 미루에게는 말해야 하는지도 모른다. 이곳으로 이끈 물건을 준 사람이니까.

나 지금 할머니 집에 와 있어.
여기 있는 어떤 집을 찾아갈 거야.
아무래도 내가 발견된 그 집인 것 같아.
작은아빠에게는 말하지 마.

문자 메시지를 다 쓰고도 보낼 엄두가 안 났다. 미루가 출
국하기 직전으로 예약 전송을 설정해 두었다. 딱 일주일 뒤
다. 돌아가기 직전에 이걸 보게 되면 미루가 이곳까지 쫓아
올 일도 없다. 무겁던 내 마음도 한결 가벼워졌다.
날이 어두워지자마자 이부자리를 폈다.
이곳은 참 시원한 편이다. 작은아빠와 우리 아빠가 결혼 전
에 쓰던 작은방에 에어컨이 있지만, 틀 일이 없다. 밤에는 제
법 서늘하기도 해서 이불을 꼭 덮고 자야 한다. 서울보다 남
쪽에 있으니 더워야 하지 않느냐는 내 말에 할머니는 할머니
집을 감싸고 있는 대나무 밭을 가리켰다.
"대나무가 바람을 만들제."
그 말을 듣고 보니 대나무가 있는 쪽에서 바람이 불어오는
것처럼 느껴졌다. 대나무가 바람을 만든다고? 엄마는 작은
방에 가서 문을 닫고 일을 하고, 나는 일찍 자는 할머니와 함

께 불을 다 끄고 누웠다. 불을 끄니까 그 많던 벌레도 더는 달려들지 않았다. 마당에 솔솔 연기만 나게 피워 놓은 지푸라기 더미가 모기를 쫓는 모깃불이라고 했다.

할머니는 눕자마자 곯아떨어졌다. 작게 코 고는 소리가 방을 채웠다. 내일 또 여자애가 나타날까? 무릎이 까진 건 하나도 아프지 않았지만, 아쉬움은 진했다. 아까 일이 아주 먼 옛날 이야기처럼 느껴진다.

이런저런 생각을 하느라 잠을 설치는 사이, 작은방 불도 꺼졌다. 엄마가 잘 정도면 일러도 열한 시? 일찌감치 누운 게 아깝게 시간만 보내고 말았다. 억지로 눈을 감았다. 대나무 숲에서 바람 소리가 들려왔다. 빽빽한 대나무 숲은 좁은 바람길을 만들어 흡사 휘파람 같은 소리를 냈다. 꼭 누군가 내 귓가에 대고 속삭이는 것처럼 멀고도 깊은 소리다.

아가, 가만히 있어. 제발.

목소리가 다시 시작되었다. 대나무 숲 깊은 곳에서 누군가 그 여자 흉내를 내는 것 같다. 맞다. 여자. 이건 여자 목소리다. 나를 데려갔던 사람은 여자다. 할머니 얼굴을 봤지만, 할머니는 세상모르고 자고 있었다.

왕왕, 왕왕!

마루 밑에서 강아지들과 꼼짝도 않던 누렁이 소리가 난 건 그때였다. 나는 생각할 겨를도 없이 서둘러 마당으로 나갔다. 누렁이가 마당 한가운데 우뚝 서서 미친 듯이 짖고 있었다. 달빛에 반사된 눈은 공포가 가득했다. 내 머릿속에 떠도는 소리를 누렁이가 듣기라도 한 걸까. 소름이 돋았다. 더 이상한 것은 한참 시끄럽게 짖고 있는데도, 할머니와 엄마가 깨어나지 않는다는 사실이었다. 꼭 내가 다른 차원에 들어와 있는 것처럼.

대나무 숲을 똑바로 볼 수가 없었다. 그곳에 숨어 있는 누군가와 눈이 마주칠까 봐. 달빛에게서 도망쳐 숨어 있는 어두운 그림자와 대면할까 봐 겁이 났다.

"누렁아, 쉬쉬!"

나는 할머니가 하던 대로 누렁이를 진정시켰다. 누렁이는 내가 나온 게 안심이 되었는지 짖는 걸 멈추었다. 동시에 주위가 지나치게 조용해졌다. 죽 늘어선 집들에 한두 마리씩 있는 개들은 누렁이 소리를 못 들은 걸까? 아니면 누가 한꺼번에 데려가 버리기라도 한 걸까?

끼잉. 누렁이가 애처롭게 낑낑대며 내 손을 핥았다. 나는 물을 떠서 밥그릇에 넣어 주고 평상에 앉았다. 누렁이가 긴 혀를 내밀고 물을 마시는가 싶더니 냉큼 제 새끼들에게 갔다가 내 앞으로 돌아왔다.

누렁이 머리를 쓰다듬었다. 누렁이가 내 손길을 느끼며 엎드려 눈을 감았다. 나도 누렁이 털을 느끼자 마음이 놓였다. 과거를 알아내는 게 좋은 일인지 나쁜 일인지 갑자기 판단이 되지 않는다.

나는 잘하고 있는 걸까?

혹시 모든 걸 알아 버린 뒤에 더 나빠지는 게 아닐까?

혹시 내가 알아서는 안 되는 게 있는 건 아닐까?

9

대나무 숲에 사는 괴물

은요 – 사실은 나, 잊어버린 걸 찾으러 온 거야.

오늘도 민세에게 메시지를 보냈다. 혼자 주절거리는 기분이 들었다. 민세는 내 메시지를 꼬박꼬박 읽지만, 대답을 하지 않았다. 오히려 민세가 답이 없어서 좋다. 점점 내 진심을 이야기할 수 있을 것 같다. 수수께끼 같은 말을 민세가 이해할지 알 수는 없지만.

엄마가 낡은 책을 들추며 일에 몰두하기 시작했을 때, 몰래 집을 빠져나왔다. 이번에는 어디로 가야 할지 정확히 알았다. 발걸음이 빨라졌다. 싸가지가 나를 붙잡은 그곳부터 다시 시작해야 한다. 거기서부터 이어 나가야 한다.

다리는 생각보다 멀지 않았다. 내 걸음으로 15분, 어린아이 걸음으로도 20분이면 갈 수 있는 거리였다.

끊긴 기억을 재생하기 위해 똑같은 자리에 서서 눈을 감았다. 안다는 건 무서운 일이다. 몰랐을 때는 무심코 올라섰던 곳이 이젠 몸이 떨리는 공간이 되었다. 다리 아래로 떨어질까 봐 몸이 절로 얼어붙었다. 그래도 여자애를 기다렸다.

어디선가 '히힛' 바람 빠지는 웃음소리가 날 것만 같다. 팔랑팔랑 깡충깡충 박자에 맞춰 발 장난을 치는 소리가 들릴 것만 같다. 대신 매미 소리가 들려왔다. 매미를 잡겠다고 기다란 잠자리채를 들고 뛰는 여자애가 눈에 선했다.

띠리리리.

"엄마야!"

갑작스러운 소리에 깜짝 놀라 발을 헛디딜 뻔했다. 내 전화벨 소리였다. 화면에 '작은아빠'라고 떴다. 심장이 쿵쾅댔다. 작은아빠가 전화를 하는 건 예삿일인데, 두려웠다. 처음으로 거짓말을 하는 중이다. 여태까지는 거의 모든 걸 이야기하고 지냈다. 다른 사람에게 하듯 담담하게 속일 수 있을까. 작은아빠에게는 한 번도 그런 적이 없다. 적어도 한 사람에게만은 편하고 싶었으니까.

"예."

"은요야, 잘 지내? 요즘 왜 이렇게 연락이 없어?"

"방학이잖아요. 애들이랑 놀고 공부도 하고 그러느라고."

"그래? 그런데 어디야? 밖에 있는 것 같은데."

눈치 없이 매미 소리가 커져 갔다. 아파트 단지에 있는 매미와 소리가 다른 듯했다. 악을 쓰며 목청껏 울어 젖혔다.

"그냥 집 앞이에요."

"그래? 우리 저녁 먹을까? 작은아빠가 데리러 갈게."

"아, 아뇨. 여기 우리 집 앞 아니고, 친구 집 앞이에요."

"친구 집 앞이라니?"

작은아빠 목소리에 의심이 실렸다.

"아, 아. 지금 친구네 집에 와 있거든요. 내가 말 안 했나? 친구네 집에서 자기로 한 거……. 친구 부모님이 계속 여행 중이셔서 며칠 더 지내기로 했어요."

"그래? 그럼 하는 수 없지, 뭐. 보충 수업은 안 받기로 한 거고?"

"그러려고요."

작은아빠를 배신하는 것 같아 마음이 아팠지만, 대충 대화가 마무리되었을 때 황급히 전화를 끊었다. 아무래도 의심을 사고 있다. 작은아빠가 일부러 대충 넘어가 준 느낌이다. 불안하다. 내가 여기 있는 걸 가장 알리고 싶지 않은 사람이다.

아직도 작은아빠는 이곳과 관련된 모든 문제에 예민하다. 할머니 집 문제나 내 치료에 있어 단호한 결단을 내렸고, 때로는 비장하기까지 했다. 작은아빠는 나를 지켜 주지 못했다는 죄책감이 컸다. 내가 거짓말을 한 걸 알면 나에게 굉장히 실망할 것이다.

전화기를 끌까 말까 고민하다가 도로 주머니에 넣었다. 전화가 오는 건 곤란했지만, 꺼진 전화기는 더 수상해 보인다. 여태까지 주위 사람들은 나를 염려하고 걱정하고 배려하기만 했다. 친척들에게 나는 정신 병원에 드나드는 상처 있는 애였고, 학교 친구들에게는 언제나 얼이 빠져 있는 심약한 애였다.

'요술공주 나나' 색칠 공부는 내 책가방 가장 깊숙한 곳에 들어 있다. 내 과거로 데려다 줄 지도나 다름없다. 돌이켜 보면 처음 미루에게 이걸 받았을 때, 나는 숙명처럼 여겼던 것 같다. 이제 돌아갈 때가 왔다고.

서 있는 그대로 두 팔을 양쪽으로 벌렸다. 한낮의 농촌은 한가로웠다. 원래 인구가 적은 데다가 이렇게 땡볕이 내리쬐는 한낮에는 야외 작업을 못 하기 마련이다. 일을 한다고 해도 어딘가 논밭이나 하우스에 들어가 있지, 나처럼 이렇게 길가를 배회하는 사람은 없을 것이다.

눈을 감았다. 눈을 감아도 햇빛이 보였다. 한참 있으니 모처럼 마음이 차분해졌다. 간밤에 머릿속으로 들어온 목소리가 생생했다.

아가, 가만히 있어. 제발.

작게 읊조려서일까. 목소리가 잠겨 있고 탁했다. 나를 아가
라고 부르는 여인. 말투에서 애절함이 느껴졌다. 특히 제발이
라고 말할 때 떨리던 목소리에서 감정을 읽을 수 있었다. 어
떤 상황인지는 모르지만 그 여인에게 그 순간은 내가 반드시
귀를 막고 눈을 감고 숨죽여 가만히 있어야 하는 상황이었던
것이다. 그 여인을 그렇게 간절하게 만든 건 무엇이었을까.

문득 바람 소리가 들려서 눈을 떴다. 휘파람처럼 가늘고 긴
소리였다.

저만치 다리 건너에 여자애가 서 있는 게 보였다. 여자애는
나를 부르는 듯 손짓했다. 입을 벙긋벙긋 하며 뭐라고 말하
는데, 소리가 들리지 않았다. 나는 당장 그쪽으로 달려갔다.

히히히.

여자애가 소리 없이 웃으며 달려갔다. 왜 그렇게 신 나고 흥
분했는지 모르지만, 뒤따르는 나를 챙길 여유가 없어 보였다.

"야, 같이 가."

소리쳐 봤지만, 소용없었다. 내가 여자애 소리를 들을 수
없듯이 여자애에게도 내 목소리가 전해지지 않는 듯했다. 우
리는 꼭 다른 차원에 사는 사람들 같았다.

여자애는 어느새 산으로 오르는 갈림길에 도달했다. 이제

산이 아주 가깝게 보였다. 산 중턱에 있는 집들 사이에 빨간 지붕 몇 개가 눈에 띄었다. 할머니 집 주변에는 흔히 말하는 촌스러운 시골집만 즐비한데, 이곳에는 신식 집들이 모여 있었다. 시내에 사는 누군가가 쉬러 오는 별장 용도의 전원주택이나 펜션일지도 모르겠다는 생각이 들었다. 산 너머에 골프장이 만들어진 지 얼마 안 되었다고 들었다.

여자애는 내 예상과 달리 전원주택 단지로 가는 길을 택하지 않았다. 반대편 아무것도 없어 보이는 쪽으로 뛰어갔다.

"거기가 맞아?"

여자애가 간 쪽 역시 산 중턱으로 오르는 길이긴 하지만, 그늘이 지고 볕이 들지 않아 사람이 살기에 적합한 곳이 아니다. 당연히 집 한 채 보이지 않았다. 잠시 망설이고 있는 사이에 여자애는 나무 그늘 속으로 사라졌다. 낙심할 여유도 없이 앞으로만 달려가는데, 뒤에서 인기척이 들려왔다.

돌아보자, 밭으로 황급히 들어가는 그림자가 보였다. 잔상만 겨우 본 정도로 여자인지 남자인지 키가 어떤지도 알기 어려웠다. 누가 나를 따라오고 있던 거라고 생각한다면 지나친 망상이겠지? 무슨 첩보 영화도 아니고 미행이라니. 고개를 가로저었다.

갑자기 지율이네 집에 가서 보려고 골라 놓은 영화가 생각났다. 〈판의 미로〉. 아무도 안 봤다고 해서 골랐는데, 혹시 몰라서 다들 좋아할 애니메이션과 10대가 주인공인 로맨틱 코미디 영화도 골랐다. 평범한 우리 그룹 애들은 〈판의 미로〉 같은 영화를 흉측하다고 할지도 모른다. 그런 어두운 영화를 좋아한다고 핀잔을 들을 가능성도 높다. 민세에게도 얘기하지 못한 건 보이기도 전에 거부당할까 봐 겁이 나서였다. 나는 그만큼 그 애들과 다르다는 걸 확인해 버릴까 봐. 어둡고 우울한 내 진짜 모습을 들켜 버릴까 봐.

여자애를 놓친 건 아닐까 걱정하며 재게 걸음을 옮겼다. 그늘로 들어간 여자애는 눈부신 햇빛과 대비되어 잘 보이지 않을 터였다.

일단 널 따라갈게. 믿을게.

직접 확인하기 전에는 포기할 수 없다. 그 여자애가 바라는 것도 그게 아니라는 생각이 든다. 그 애도 믿어 주지 않으면 싫을 것이다. 그런데 그늘 속에서 쉬며 나를 기다릴 거 같던 여자애가 어디에도 없었다. 내가 딴생각을 하며 우물쭈물하는 사이에 멀리 가 버린 것이다.

길잡이도 없이 어두운 외딴길로 들어설 수는 없었다. 가뜩이나 낯선 산길인 데다가 햇빛이 없으면 길을 잃기 십상이다. 대신 나는 전원주택 단지로 발길을 돌렸다.

꿈속 그 집과 비슷한 분위기를 풍기는 집은 한 채도 없었다. 모조리 깨끗하고 잘 다듬어진 예쁜 집뿐이었다.

"너 벌써 얼굴 탔다?"

저녁을 먹고 평상에 앉아 바람을 쐬고 있는데, 엄마가 다가와 손가락으로 내 코를 톡 쳤다. 여자애를 놓쳐 버린 탓에 장난을 받아 줄 기분이 아니었다.

"아까 작은아빠가 전화했더라."

"그래서? 너 뭐라고 한 거 아니지?"

"안 했지. 내가 뭐 바보야? 아빠한테는 전화 왔어?"

물어 놓고 보니까 이상했다. 요즘 나는 엄마와 아빠가 통화하는 걸 본 적이 거의 없었다. 최근에는 이곳에 내려오려고 허락을 받은 그 한 번뿐이었고, 그마저도 절차에 불과했다. 그러고 보니 작년까지만 해도 아빠가 며칠에 한 번씩은 전화를 걸었다. 엄마가 받아서 곧바로 옆에 있는 나를 바꾸어 주었다. 두 사람은 딱히 이야기를 나누지 않았다. 나에게만 형식적으로 잘 지내는지, 잘 있는지 물었을 뿐이다. 아빠와 독대했을 때 그러듯이. 그런데 요즘에는 그런 일마저 없었다. 처음부터 아빠는 내 전화기로는 전화를 걸지 않았다.

혹시 엄마랑만 따로 통화해 왔나?

그게 아니면.

새삼 내 부모의 문제가 눈에 보였다. 여태까지는 내 문제가 앞을 가리고 있어서 보이지 않았다.

나는 엄마 말에 반항이라도 하듯 자외선 차단제를 덕지덕지 발랐다. 가지고 온 것이 반으로 줄어들 때까지 얼굴이며 팔다리를 코팅했다. 온몸에 끈끈한 느낌이 돌아 불쾌해졌다.

여자애를 놓친 것이 속상해서 좀 뒤척이긴 했지만, 그럭저 럭 잠이 들었다. 그런데 누렁이가 짖는 소리에 깨고 말았다. 새벽 두 시, 엄마와 할머니는 깊이 잠들어 있었다.

"누렁아, 쉿. 빨리 자."

누렁이를 달래 보았지만, 짖는 걸 그쳤을 뿐 낮게 으르렁거 리는 걸 멈추지 않았다. 어제처럼. 누렁이는 오늘 밤에도 대 나무 숲을 보면서 겁에 질려 있었다. 화가 난 게 아니라 자신 과 새끼들을 방어하기 위한 본능일 뿐이다.

"저기 뭐가 있다고 그래?"

신발을 꿰어 신으려는 순간, 갑자기 대나무 숲에서 뭔가가 나왔다. 행동은 잽쌌지만, 묵직한 무게감이 느껴졌다. 숨죽이 고 지켜볼 수밖에 없는 희박한 공기가 그 주위를 감쌌다. 대 나무의 달그림자 속에 숨은 그 괴물은 언뜻 보면 누렁이만큼 컸다.

비명도 나오지 않았다. 비현실적이다. 덩어리 같기만 한 그 림자를 보고 어디가 앞인지 뒤인지는 분간할 수 없지만, 분 명 누렁이와 마주 보고 기 싸움을 하고 있었다.

으르르르.

누렁이가 이를 악물고 버티었다. 누가 먼저 뒤로 물러서느

냐가 승패를 가르는 관건이다. 둘은 나를 의식하지 못할 정도로 서로만 응시했다. 팽팽한 긴장감에 나조차도 내 존재를 잊을 지경이었다. 저게 뭔지는 모르지만, 누렁이가 질 것만 같다. 뭐라도 해야 하는데, 가위 눌린 것처럼 몸이 단단하게 굳었다.

"저…… 저리 가."

힘겹게 목소리를 짜내었다. 그래도 효과는 있었다.

그윽!

뒤늦게 나를 발견한 괴물이 짧은 비명을 남기고 도망쳤다. 동시에 갑갑하던 공기가 한층 부드러워졌다. 누렁이가 동그란 눈으로 나를 봤고, 나는 괴물이 있던 자리를 봤다. 괴물을 도로 흡수한 대나무 숲이 요란하게 흔들리며 휘청거렸다.

10

빨간 지붕이 아니다

늦잠을 잤다. 간밤에 놀라서 잠을 설친 탓이다. 엄마는 낡은 책을 들여다보고 있었다.

"내 아침은?"

"아침은 무슨. 점심 먹어야지."

엄마가 부엌에 들어간 사이에 씻고 나갈 준비를 했다. 시간을 낭비한 만큼 빨리 움직여야겠다는 생각 때문이었다. 머리를 말리고 있을 때 엄마가 밥상을 다 차려 왔다. 할머니가 해둔 밑반찬에 쌈 채소와 쌈장. 거기에 보태 생선 한 마리 더 구웠을 뿐 아침상도 똑같았을 것이다. 이럴 바에는 아침상을 치우지 말고 그냥 두었다가 좀 일찍 점심을 먹는 게 낫지 않았을까 싶다. 그런데 엄마는 성격상 그러지 못할 것이다. 평소에도 설거지 한번 미루지 않고 바로바로, 또 몇 번씩이나 깨

끗하게 그릇을 닦아야 직성이 풀리는 성격이다. 결벽증이라
고 해야 하나. 딸을 관리하는 것처럼 빡빡하고 신경질적으로
사는 사람이다.

아빠 빨래도 그렇다. 한 달, 길면 몇 달씩 외국에 나가 있는
아빠는 한국에 들어와도 며칠 밤만 우리 집에서 자고 지방이
든 어디든 여기저기 다니며 일을 보다가 다시 출국하곤 한
다. 그런데 엄마는 그사이에 아빠의 커다란 여행 가방에서 옷
보따리만 풀어 죄다 다시 빠는 작업을 몰래 한다. 누가 시킨
것도 아니고 아빠가 부탁한 것도 아닌데 그런다. 그때마다 나
는 엄마가 참 바보 같다는 생각을 했다. 어디선가 세탁한 옷
일 텐데 그걸 왜 다시 빨까.

"아빠는 언제 온대?"

"한 달 뒤에."

남은 날짜를 가늠해 보지도 않고 대뜸 말하는 엄마가 불만
스러웠다.

"어디 갔는데?"

"새삼 뭘 물어봐. 홍콩에 지사가 있는 걸 모르는 건 아닐 테
고."

"내 친구가, 그러니까 지율이가 홍콩에 놀러 갔는데, 그렇
게 멀지 않대."

나는 친하지도 않은 애까지 끌어들여 말을 이어 가고 싶었

다. 그러나 엄마 얼굴이 굳어 버렸다. 엄마는 묵묵히 밥만 먹기 시작했다.

"그리고 지율이가 그러는데, 그렇게 외국 많이 다니면 비행기 마일리지도 많이 쌓인대. 엄마 알았어? 지율이가 유럽한 번 다녀오면 제주도 공짜로 간댔어."

애들이 수다를 떨 때 곁에서 흘려들은 게 이럴 때는 또 기억이 났다.

"그래서? 하고 싶은 말이 뭐니?"

엄마는 화가 난 것처럼 보였다.

나는 하고 싶은 말을 해야 하나 말아야 하나 망설였다.

아빠는 왜 그렇게 자주 안 와? 아빠가 진짜 해외 출장을 다니는 거야? 왜 아빠는 꼭 수신 번호가 안 나오는 집 전화로만 전화해?

내 안에 이렇게 많은 질문이 숨어 있었는지 미처 몰랐다. 가장 중요한 질문은 아빠가 언제부터 나에게 무관심했느냐는 것이다. 내게 기억이 남아 있는 아홉 살 그때부터 지금까지 아빠는 꾸준히 멀어져만 갔다.

엄마는 왜 이곳에 오는 걸 허락하고 따라오기까지 했을까? 평소 엄마 성격이라면 시골집에 오는 걸 꺼려 했을 것이다. 비위생적이고 지내기 불편하다고 하면서 2주일이나 머물자고 할 리 없다.

나는 엄마를 빤히 바라봤다. 엄마 얼굴이 점점 심각해졌다. 이곳에 와서 조금 풀어졌던 얼굴이 곧 서울에서의 얼굴로 되돌아갔다.

"너 정말, 하지 마!"

엄마는 밑도 끝도 없이 하지 말라고 소리 질렀다. 말끝이 갈라졌다. 메마르고 뻑뻑한. 엄마는 내가 공개적인 자리에서 엄마를 비난하고 망신을 준 것처럼 굴었다. 또다시 미쳤다. 엄마는 흐느꼈다. 꺼이꺼이 목을 놓아 울었다. 난 알고 싶었을 뿐인데 엄마는 알리고 싶지 않은 듯했다.

갑자기 아빠가 집에 올 때 여행 가방을 굳이 가지고 들어오는 것이 이상하게 여겨졌다. 며칠 뒤에 고스란히 도로 가지고 나가야 하는 가방을. 아빠도 알았던 것 아닐까? 엄마가 세탁 작업을 해야 한다는 것을.

약속한 듯 갈림길에서 그 여자애를 만났다. 어제 저장해 둔 게임을 그대로 이어 가는 것 같다. 여자애는 어제처럼 그늘에 서 있었다. 이번에는 놓치지 않을 것이다. 여자애가 산길을 올랐다. 나도 따라 올랐다. 아이 걸음을 못 따라잡을 리는 없다. 다만 조바심이 났다. 몇 번이나 그 애가 아직 있는지 올려다봤다.

여자애는 내가 뒤처지려 할 때마다 잠깐씩 멈춰 서서 무서운 얼굴로 나를 바라봤다.

안 돼. 넌 오지 마.

이건 누가 누구에게 한 말이지? 누군가 이 길에 서서 그렇게 말한 것이 기억났다. 그러니까 상대는 뭐라고 대답했던가? 싫다고 했던가?

싫어. 같이 갈래.

이윽고 여자애가 멈추었다. 공터가 있고, 작은 언덕이 있었다. 언덕은 마치 산에 딸린 혹처럼 생겼는데, 마을이 훤히 내려다보였다. 할머니 집 지붕도 보였다. 할머니 집에서는 보이지 않던 곳이 묘하게 뒤틀린 산세 덕에 최고의 전망대나 다름없었다. 여기서는 보이지만 상대에게는 보이지 않는다. 재미있는 장소다. 미로처럼, 수수께끼처럼.

그리고 그 언덕에 집 한 채가 있었다.

이층집이지만 빨간 지붕은 아니다. 지붕은 노란색. 아니, 빛바래고 먼지 앉은 색이다. 원래는 샛노랬을 그 색이 비정상처럼 보이기도 한다. 오래되기 전에는 샛노란 레고 블록 같은 색이었을 것이다. 장난감 집 지붕처럼. 빨간색보다 오히려 더 나나의 집에 어울리는 지붕이다.

여자애가 문득 무언가 생각난 듯 집으로 들어갔다. 파란 대문을 밀고.

"야, 잠깐만."

당연히 여자애는 돌아오지 않았다. 눈앞에는 굳게 닫힌 파란 대문만 남았다.

대문을 밀 용기가 나지 않았다. 외딴곳에 잘 숨어 있는 집이면서 왜 저렇게 담장을 쌓아 올린 걸까? 그냥 개방하고 이 언덕을 다 자기 집 마당처럼 써도 될 텐데. 도둑이 들까 봐 무서웠던 걸까? 아니면 단지 사람 눈에 띄기 싫어서 여기 숨어 있는 걸까? 우연히 이곳에 오게 되는 이들까지 고려해 담장을 높이 친 것일지도 모른다. 쓸쓸해 보인다. 따로 떨어져 있는 걸로 모자라 벽을 둘러쳐 스스로 갇혔다.

안을 들여다볼 엄두가 안 났다. 집주인이 나와서 왜 남의 집을 엿보느냐고 할까 봐 망설여졌다. 그리고 무엇보다 내 마음이 겁을 냈다. 안을 보는 순간, 걷잡을 수 없는 무서운 기억이 몰려올까 봐.

여기까지 와서 그냥 돌아갈 수도 없다. 천천히 걸어도 25분이면 올 수 있는 거리지만, 며칠 동안 조금씩 나눠 길을 찾았기에 멀고도 힘든 목적지에 당도한 것처럼 여겨졌다. 지금 그냥 돌아가면 다시는 찾아올 수 없는 집 같다.

"저기…… 누구 계세요?"

기척이 없었다.

"안 계세요?"

집이 지나치게 낡기는 했다. 아주 오랫동안 손보지 않은 것처럼. 어쩌면 주인이 없는지도 모른다. 여기 홀로 서서 살아가고 있는 것은 집뿐인지도 모른다. 그래도 잠깐 기다리기로 했다. 무엇인가 찾게 될지도 모르는 일이므로.

은요 - 민세야, 나 내가 찾으려던 집을 찾았어.

은요 - 그런데 아무도 없나 봐. 집주인을 만나야 할 것 같은데 없어.

이제 민세에게 답장을 기대하지 않았다. 아마 민세는 이게 무슨 말인가, 화난 자신에게 왜 헛소리를 하는 건가 황당해하고 있을지 모른다. 그러나 내가 얘기할 수 있는 사람은 아무리 생각해도 민세뿐이다. 어쩔 수 없다.

대문에 손을 대 보았다. 할머니 집 대문처럼 차가운 철문. 파란색 대문. 이걸 열고 누군가 들어오자, 그 여자애가 소리쳤다.

나나!

그 여자애는 이렇게도 말했다.

나나, 왜 이제 와?

지금 내가 대문을 밀고 들어가면 그 여자애가 반겨 줄까.
잡초가 무성한 마당에서 혼자 뛰어놀다가 집에 들어가 색칠
공부를 하기도 하면서 나나를 기다리던 아이. 꽤나 나나를 좋
아했지. 정말.

나나의 집이었다. 과연 내가 들어갈 자격이 있을지, 대문을
열면 무엇이 나를 기다릴지 겁이 났다. 파란 대문을 열면 판
도라의 상자를 열어 버린 꼴이 될까 봐 나는 한참 대문에 손
을 대고 서 있다가 돌아섰다.

갈림길에는 나를 기다리는 사람이 있었다. 싸가지가 나무
에 삐딱하게 기대서서 내려오는 나를 올려 봤다.

"야, 넌 등산이 취미냐? 난 여름에 등산하는 사람 이해 못
하겠던데. 더운데 왜 땀 흘리냐?"

"내가 뭘 하든 뭔 상관인데? 관심 꺼 줘."

"지랄하네. 누가 관심 있대? 사람이 걱정해 주면 고마운 줄
알아야지."

대놓고 욕을 먹은 적은 처음이다. 머리끝까지 화가 난다는
말이 무슨 말인지 알 것 같다. 온몸으로 확 열이 뻗쳤다. 바

보, 멍청이. 너 같은 게 뭘 알아? 양아치 주제에.

속으로 욕을 하면서 화를 눌러 보려고 했지만, 감정이 감춰지지 않았다. 그렇다고 딱히 뭘 어떻게 해야 하는지 아는 것도 아니어서 난 그저 씩씩거리고만 있었다. 그런데 싸가지가 느닷없이 웃었다.

"하하하, 화났나?"

불난 데 부채질, 아니 기름을 들이붓는 격이었다. 나는 그녀석에게 달려가서 정강이를 힘껏 걷어찼다.

"씨발! 이게 뭐 하는 짓이야?"

싸가지가 다리를 잡고 나뒹굴었다. 주위가 너무 조용하니까 녀석이 피우는 엄살이 왕왕 울렸다. 멀리서 개들도 왕왕 짖는 소리로 답했다. 내가 진짜 뭐 한 건가 싶었다. 누굴 때린 것은 처음이다. 그것도 발로 차 버리다니. 상상 속에서도 한 번 행하지 못한 일을 실제로 내가 할 줄이야.

"미, 미안. 괜찮아?"

"이게 괜찮아 보이냐? 미친년아!"

미친년이란 소리도 처음 들어 봤지만, 아까 지랄한다는 말을 들었을 때처럼 기분 나쁘지는 않았다. 이번에는 좀, 들을 만했다. 먼저 폭력을 행사한 건 나니까 할 말이 없었다.

"때릴 생각은 아니었는데……."

반바지를 입고 있어서 벌건 멍이 올라오는 게 실시간으로 보였다. 말로만 듣던 피멍이었다. 텔레비전에서만 보던…….

그렇지만 나는 눈가에 올라온 피멍을 어디선가 본 적이 있는 것 같다.

"할망구만 아니었으면 넌 죽었어."

누구 눈이었지? 피멍이 든 것은.

"내가 너 같은 미친년 뒤나 쫓아다닐 만큼 한가한 몸도 아닌데……."

아프겠다. 어디서 다쳤어?

여자애가 말한다.

"용돈만 아니었으면 내가 이 짓도 안 했지. 시원한 방 안에 드러누워서 게임이나 했을 텐데. 씨발."

산에 올라갔다가 굴러서 그래. 정말이야. 정말이라니까.

나나다.

"너 내 이야기 듣냐? 뭘 그렇게 꼬나봐? 너도 네가 해 놓은 짓이 참 거지 같다고 생각하지? 그렇지?"

알았어. 난 나나 말은 다 믿어.

"야, 더위 먹었냐? 왜 아무 말도 안 해?"

다시는 다치지 마. 내가 호 해 줄게. 나나.

나나가 활짝 웃는다. 멍도 눈과 함께 웃는다. 여자애는, 아니 나는 나나 눈가에 입을 가져다 댄다. 호, 내 입김에 조금이라도 나나 눈이 안 아프길 바라면서 한참을 그러고 있다.

11

그 여자, 나나

나나는 어디선가 멍이 들어서 돌아왔다. 갑자기 그날 일이 생생하게 떠올랐다. 이상한 일이다. 내내 꽉 막혔던 기억이 봇물 터지듯 갑자기 밀려들기 시작했다. 나는 계속 욕을 퍼붓는 싸가지를 내버려 두고 집으로 달려왔다. 할머니 집에 들어서기 전에 민세에게 메시지를 보냈다.

은요 - 나 한 발 다가섰어. 기억이 나기 시작했거든.

벅차고, 두려웠다. 누군가에게 말하고 싶지만, 말할 수가 없었다. 마음을 가눌 수 없어 안방에 들어가 문을 닫았다. 할머니는 집에 없고, 책을 들여다보며 노트북을 두드리던 엄마가 나를 불렀지만 따라 들어오지는 않았다.

나나에 대한 기억이 제대로 떠오른 것은 놀라운 시작이었다. 그런데 그 기억이 무서운 것이 아니라 괴이하고 다정하게까지 여겨졌다. 나는 더운 줄도 모르고 이불을 뒤집어쓰고 누워 기억을 다시 끄집어내었다.

나나가 선글라스를 쓰고 마당에 앉아 있는 걸 발견한 날은 금방이라도 비가 올 것처럼 먹구름이 낀 아침이었다.

"나나, 왜 선글라스를 쓰고 있어?"

나나는 구멍가게 앞에 있던 파라솔 의자같이 생긴 플라스틱 의자에 앉아 있다. 어디서 주워 왔는지 낡아 빠져서 금방이라도 부숴질 것만 같이 위태위태했다. 나나는 손짓으로 왔느냐는 시늉을 했다.

"눈도 안 부신데 웬 선글라스야?"

"난 눈부셔."

나나는 무덤덤한 말투로 말했다. 감정이 깃들지 않은 말. 힘없이 축 늘어져서 만사가 귀찮고 심드렁한 행동. 그건 꼭 동화책 속에 나오는 나태한 귀족 부인 같았다. '네가 뭘 알아?'라며 자신을 침범하지 말라는 방어벽. 도도한 가시.

"에이, 뭔데? 좀 벗어 봐."

나는 장난스럽게 말하며 선글라스를 벗기려 들었다. 도도한 가시는 무섭지 않았다. 우리는 스스럼없는 사이라고 생각했다. 나나는 몸을 틀어 피하려 했지만, 나는 기어이 선글라스를 빼앗아 냈다.

"나나, 눈이 왜 그래?"

내가 물었다.

"야, 나와! 나오라고!"

쾅쾅. 대문이 부숴지려 했다. 싸가지가 대문 밖에서 난동을 부렸다. 엄마가 내지르는 짧은 비명 소리와 함께 요란한 소리가 더 이어졌다. 나는 이불을 벗어 내던져 버리고 밖으로 나갔다. 녀석이 벌건 얼굴로 흥분해서 씩씩대고 있었고, 엄마는 정신없이 나오는 바람에 신발을 한쪽밖에 안 신었다. 누렁이는 엄마 앞에 서서 녀석의 폭력성에 맞서고 있었다.

"지금 뭐 하는 거니? 깜짝 놀랐잖아!"

엄마가 날카롭게 소리를 질렀다. 녀석은 그제야 정신을 차린 듯 애써 온순한 표정을 지었다. 화가 치밀어 순간적으로 뒤쫓아 와 행패를 부린 것이다.

"죄, 죄송합니다. 계신 줄 몰랐어요."

녀석이 이번에는 민망함에 얼굴을 붉히고 고개를 숙였다. 엄마는 그래도 방에 들어가지 않았다. 내가 엄마 등 뒤에 숨어 아무 말 안 하는 이유를 짐작한 것 같았다. 엄마는 녀석의 붉게 멍든 정강이로 시선을 옮겼다.

"많이 아프겠네. 어디서 그렇게 다쳤니?"

"그냥 뭐…… 넘어졌어요."

다 저 계집애 때문이라고 소리 지를 줄 알았던 녀석이 의외로 고분고분 답하며 대청마루에 앉았다. 어리광 부리듯 엄마에게 상처를 보여 주며 울상을 지었다.

"은요야, 부엌에 걸려 있는 베 보자기에 얼음 좀 담아 와."

엄마가 명령했다. 엄마는 벌써 자기 딸이 가해자라는 걸 감지했고, 어떻게 해야 피해자를 달랠지 알고 있었다. 일부러 나에게 심부름을 시킨 것도 그 때문이었다.

냉동실에 꽉꽉 채워진 얼음을 담으면서 나는 녀석이 대강 둘러댄 이유를 곰곰이 생각해 보았다. 왜 곧이곧대로 내 소행이라고 하지 않았을까? 씩씩대면서 따라 들어올 때는 언제고?

나나도 나에게 왜 다쳤는지 끝내 말하지 않았다. 지금 와서 생각하면 눈두덩에 멍이 드는 일은 누군가 때리지 않는 한 만들어질 수 있는 게 아니다. 넘어져서는 도저히 생길 수 없는 상처다. 나나를 때린 건 누구일까? 나를 데려갔던 유괴범일까? 아니면 또 다른 사람?

"얼음 멀었니?"

엄마는 녀석이 채근하기 전에 선수를 쳐서 먼저 나를 찾았다.

"보자기 어디 있는지 몰라서 그냥 비닐봉지에 담았어."

나는 눈치를 보며 엄마 손에 비닐봉지를 건넸다. 그러나 엄마는 나에게 도로 건네고 일어섰다. 빨랫줄에서 다 말라 가는 수건 한 장을 걷어 나에게 주고는 방으로 들어가 버렸다. 마당에서 하는 이야기가 들리지 않을 수 없는 구조의 집인 걸 뻔히 아는데, 엿듣지 않겠다는 표시로 방문을 닫아걸었다.

하는 수 없이 나는 졸지에 병 주고 약 주는 신세가 되어 버렸다. 녀석은 얼굴을 찡그린 채 내 다음 행동을 기다리고 있었다. 나는 최대한 목소리를 낮추고 말했다. 엄마가 들을 수 없도록.

"미안해. 갑자기 무슨 생각이 나서 집에 와야 했어."

"허, 변명 한번 기가 막히네."

나는 녀석 다리에 수건을 깔고 주둥이를 꽉 묶은 얼음 봉지를 조심스레 올려놓았다.

"아아, 아야."

녀석이 엄살을 떨었다. 나보고 더 사과하란 뜻이었다. 나는 변명을 더 구체적으로 보태기로 했다.

"생각난 게 달아날까 봐 가만히 있을 수 없었어."

"그래서 메모라도 하려고 여기 달려왔다?"

메모? 비아냥거리느라 하는 말임은 알지만, 나쁘지 않은 생각이다.

"잠깐만!"

나는 방으로 들어가 연습장을 펼쳤다. 잊기 전에 메모를 해 두기로 했다. 또 내 기억 속에 안개가 끼기 전에 흔적을 남겨 두는 것이다. 눈을 감고 잠시 나나의 얼굴을 떠올려 보았다. 긴 생머리에 큰 눈. 눈 밑에 있는 주름과 다크서클. 그리고 무엇보다 새하얀 피부.

"나 화가 좀 풀리려다가 다시 열 받으려고 한다. 진짜 열나 아팠단 말이야. 야, 왜 대답이 없어? 뭐 그리는데?"

녀석이 내 등 뒤로 와 연습장을 넘겨봤다. 숨길 새가 없었다. 기억이 날아가기 전에 그림을 완성하는 게 중요하다. 그래, 왼쪽 볼에 반점 같은 게 있었다. 머리카락에 가려 안 보이다가, 머리를 흔들 때면 보이곤 했다. 그건 꼭 흉터 같았다.

"완전 귀신이네."

"귀신 아니야!"

귀신 아니야!

아홉 살 나도 그렇게 말했다. 또 누가 나나에게 귀신이라고 했던가?

"링에 나오는 귀신 아냐? 아닌가? 하긴 나도 딱 이렇게 생긴 사람 아니까."

녀석이 뭐라고 지껄이든 상관없다. 나나가 그 집에 살았다는 건 분명했고, 그건 내가 이곳에 있던 아홉 살 그때였다. 내가 유괴를 당한 것과 그 시기가 맞아떨어진다. 어떤 연관이 있는지는 모르겠지만 알아낼 것이다. 나 스스로.

"이제 덜 아프면 가."

"가든 안 가든 내 마음이거든? 원래 망구만 있을 때는 여기서 살다시피 했어. 모르지? 평생 한 번도 안 오는 너 같은 손녀가 뭘 알겠냐."

"망구?"

"망구 망구 할망구!"

너무 유치해서 웃지 않고는 배길 수가 없었다. 내가 웃는 게 웃겨서 더 웃음이 나왔다. 웃음이 웃음을 낳는 상황이었다. 정작 원인 제공자인 싸가지는 어이없다는 표정으로 나를 보고 있었다.

"너 또라이지? 아님 더위 먹었냐?"

녀석은 한숨까지 푹 내쉬었다. 나도 이상한데, 녀석이 보기에는 진짜 이상해 보일 것이다. 나는 웃기 위해서, 웃고 싶어서 웃었다. 웃어 본 게 오랜만인 것 같다. 우리 무리 애들은 종종 내게 말했다.

좀 웃어 봐.

넌 안 웃겨?

너 혹시 우울증 아니니?

아마 잃어버린 아홉 살 삶 속에 내 웃음도 들어 있었나 보다. 기억과 함께 웃는 법도 잊어버렸다. 그런데 기억이 돌아오면서 진짜 내 모습들이 되돌아오고 있는 것이다.

"웃으니까 좀 알아보겠다."

싸가지가 뜬금없는 말을 했다. 그새 얼음이 다 녹아 물만 든 비닐봉지를 정강이에 대고.

"알아보다니?"

"넌 기억 못 할 거라더니 진짜네? 나 모르겠냐? 나랑 좀 놀았잖아."

"내가 너랑 왜 놀아? 넌……."

넌 깡패 같잖아. 마치 함께 어울리는 것만으로도 불순한 일처럼 여겨졌다.

"기억 안 나면 됐다. 하긴 그런 걸 그리는 거 봐서는 기억이 하나도 없는 거지."

녀석은 말을 끊고 일어섰다. 나나를 그린 그림과 기억이 안 나는 것과 무슨 상관인데? 궁금했지만, 차마 꼬치꼬치 물어볼 수 없었다. 녀석에게는 상황을 애매하게 만드는 재주가 있었다.

"앞으로는 산에 가지 마. 저래 봬도 너 같은 초짜는 길 잃기 쉽거든."

싸가지는 끝까지 싸가지 없는 말을 남기고는 자기 집으로 갔다. 자기랑 놀았던 걸 기억 못 하느니 하는 말은 또 뭐야? 아홉 살 이후로 내가 할머니 집에 내려온 적은 없다. 그렇다면 어릴 때 우리가 만났던 걸까?

"엄마, 쟤네 집 여기서 얼마나 살았는지 알아?"

아무것도 안 들린다는 듯 꾹 닫혔던 안방 문이 내 질문에 덜컥 열렸다. 엄마는 우리 대화를 치사하게 엿듣고 있었던 것이다.

"쟤는 여기가 고향이야."

역시 어릴 적 여기 올 때마다, 그리고 그해에도 우리는 만났던 것이다. 지금보다 여덟 살 어린 싸가지 모습을 상상해 보았다. 어린 모습도 싸가지가 없어 보였다.

귀신이다! 우헤헤헤.
귀신 아니야!

녀석이 나나를 보고 웃으며 도망가고 내가 그 뒤를 쫓는 모습이 눈에 선했다.

12

귀신 아니야!

귀신 아니라고, 아니란 말이야!

나는 쪼그리고 앉아서 서럽게 엉엉 울었다. 녀석뿐 아니라 마을에 있는 애들은 나나를 다 귀신이라고 생각했기 때문이다. 어떤 애는 미친년이라고 했다. 동네마다 하나씩 있는 바보라고도 했다. 나는 이길 수 없었다. 공교롭게도 미루를 포함한 모두가 남자애였다. 남자애들은 내가 나나와 같은 여자여서 편을 들고 있다고 여겼지만, 사실 난 여자여서가 아니라 나나의 집에 들어간 유일한 아이였기에 편을 든 거였다. 나만 나나에 대해 알았다. 나나가 귀신도, 미친년도, 바보도 아니라는 걸 똑똑히 알고 있었던 것이다.

나는 어떻게 나나를 처음 만났을까? 그건 아직 기억나지 않았다. 오래된 기억이라는 건 희미한 안개 같다. 내 기억은 한 겹 두 겹 벗겨져 남들보다 더 희미했다. 다행인 것은 찍으면 한참 만에 모습을 보여 주는 폴라로이드 필름처럼 하얗기만 하던 기억이 점점 형상을 찾아 간다는 것이다. 비록 뒤죽박죽이고 인과 관계가 다 드러나지 않은 추상적인 기억이라 하여도.

또 산에 올랐다. 녀석이 산에 오르지 말라고 한 것을 일부러 어기려는 심보는 아니다. 가야 했기에 갔다. 갈림길에서 여자애를 기다렸다. 한참 지나도 여자애는 오지 않았다. 오지 않을 가능성이 더 많다는 것은 예상하고 있었다. 그 애가 한 번 더 길을 알려 줄 리 없다. 내 안에는 이미 그 길이 들어와 있었다.

그러나 일단 산속에 들어가니 방향 감각이 무뎌졌다. 과연 싸가지 말대로였다. 나무는 다 똑같고, 이곳이나 저곳이나 같은 길처럼 보였다. 정신을 바짝 차리지 않으면 잠깐 한눈을 판 사이에 길을 잃게 될 듯했다. 게다가 나나의 집은 다른 곳에서 보이지 않는다. 등대 삼아 보면서 나아갈 수 없다는 건 길을 잃으면 돌이킬 방법이 없다는 뜻이다. 길을 잃어서는 안 된다는 부담감.

여자애가 안 온다면, 나나가 와 주었으면 좋겠다. 나나의 집에서는 마을 어디든 볼 수 있으니, 만약 나나가 아직도 그 집에 있다면 길을 헤매는 나를 발견할지도 모른다.

"길을 잃으면 안 돼."

아홉 살 처음 만났을 때 의사 아저씨가 한 말이다. 아저씨는 작은아빠의 친구면서도 치료를 할 때는 작은아빠 조언을 듣지 않았다. 나를 안쓰럽게 여기고 보호하려는 작은아빠와 달리 아저씨는 내가 기억과 마주해도 될 만큼 씩씩해지면 싸우라고 했다.

"길을 잃으면 어떻게 해요?"

"혹시 길을 잃더라도 길잡이를 잘 따라가면 아주 쉽게 길을 찾을 수 있어."

"길잡이요? 의사 아저씨가 길잡이예요?"

"아니. 길잡이는 네가 되어야지."

어려운 이야기였다. 내가 길을 잃었는데, 스스로 길잡이가 되라니. 누구를 따라가라는 이야기인지 아리송했다.

작은아빠는 나를 의사 아저씨 몰래 최면 치료 하는 곳에 데려간 적이 있다. 둘은 대학 시절부터 그런 관계인 듯했다. 서로 경쟁하는 사이. 작은아빠는 내가 편해지길 바라면서 내 아픈 기억을 더욱 멀리 쫓아 버렸다.

그렇지만 오히려 나는 길을 잃은 느낌이 들었다. 길을 잃지 않게 잘 살폈어야 했는데, 덜컥 길을 잃어버렸다. 이제 마주 볼 수 있을 만큼 씩씩해졌지만, 올바른 궤도로 나를 올려놔 줄 길잡이는 나타나지 않았다.

지금도 나는 길을 잃었다. 여기가 어디인지 알 수 없다. 20 분이면 충분히 갈 거리인데 한 시간을 돌아다녀도 나나의 집은 나오지 않았다.

나는 제법 큰 나무가 만든 그늘 속으로 들어갔다. 한여름인데도 그늘은 시원했다. 싸가지 말 중에 맞는 게 또 있었다. 한여름 등산은 참으로 힘들다.

은요 – 산에서 길을 잃었어. 그런데 무섭지는 않아.
은요 – 사실 계속 길을 잃은 기분이었거든.

또 민세에게 메시지를 보냈다. 민세가 금세 내 말을 읽었다. 어딘가 머리가 이상해졌다고 여기지 않을까? 나는 눈을 감았다. 민세 얼굴이 잘 떠오르지 않았다.

"자, 눈을 감습니다."

최면을 해 준 사람은 어떤 아저씨였다. 작은아빠는 의사 아저씨에게 절대로 말해서는 안 된다고 당부하고 진료실 문을 열었다. 의사 아저씨의 병원과 느낌이 달랐다. 문을 열고 들어서자 커다란 침대가 덩그러니 있었다. 나는 거기 누워 시키는 대로 눈을 감았다.

말을 잘 들어야 해. 그래야 편해질 테니까.

괜찮아.

잘될 거야.

잘되어야지.

내 말과 작은아빠 말이 뒤섞였다.

잊어버렸다. 잃어버렸다. 아홉 살까지의 기억과, 양 갈래 머리를 한 아홉 살 여자아이를.

"거봐, 내가 뭐랬냐? 참 나, 사람 귀찮게 하는 데 뭐 있다니까."

등 뒤에서 싸가지 목소리가 들렸다. 여태 나를 따라오고 있던 모양이다.

"너 스토커야?"

"와, 또 날 미친놈 취급하네. 짱나게. 기껏 구조해 주러 왔더니만, 더위 먹었냐?"

"그게 아니라…… 그런데 무슨 구조야? 나 휴대폰 있는데?"

"나 기분 별로니까 잔말 말고 순순히 내려가."

항변은 통하지 않았다. 싸가지는 내 손목을 잡아끌어 나를 억지로 일으켜 세웠다. 손목이 금세 빨갛게 부어올랐다.

그쪽으로 가면 안 돼!

이리 와 있어!

안 돼.

가만히 있어.

위험해.

너 지금 뭐 하는 거야?

내 손목은 늘 누군가에게 잡혀 끌려다녔다. 어른들. 한 번 사고를 당한 아이에게 씌워지는 굴레. 아니, 부모에게 씌워지는 트라우마. 조금만 사고가 일어날 확률이 있는 상황에 처해도 지레 겁을 먹는 건 내가 아니라 어른들이었다. 어른들은 지켜 주지 못했다는 미안함을 그런 식으로 덜어 내려 했다. 그럴 때마다 손목은 빨갛게 되다 못해 터질 듯이 부풀어 올랐다.

"놔! 놓으란 말이야!"

내 입에서 큰 소리가 나왔다. 깜짝 놀란 싸가지가 내 손목을 놓았다. 반동으로 내 몸이 뒤로 물러나면서 움찔했다.

"아, 씨발."

싸가지가 무안함을 감추려는 듯 침을 퉤 뱉었다. 나를 도와주려고 그런 걸 알기에 뒤늦게 미안해졌다.

"그게……."

"내가 뭐 너 좋아해서 이러는 줄 아냐? 할망구가 부탁 안 했으면 여기까지 따라오지도 않았어."

"할머니가? 그게 무슨 소리야?"

저번에도 할머니 이야기를 했던 것 같다. 녀석 입에서 할머니 이야기가 지나치게 자주 나왔다. 여름철에도 바쁘기 때문에 해가 져야 볼 수 있는 할머니 이야기가 여기서 왜 나오지. 지금쯤 어딘가에서 일을 하거나 친한 동네 할머니와 막걸리 한잔에 새참을 먹고 있을 텐데.

"아, 몰라. 짜증나 죽겠네."

분명히 뭐가 있다.

"무슨 소리냐니까? 말해. 할머니한테 말 안 할게."

녀석 팔을 잡았다. 녀석이 깜짝 놀라며 팔을 뿌리치려다가 내 눈을 뚫어져라 봤다. 나도 지지 않고 뚫어져라 봤더니 녀석이 고개를 돌렸다.

"……할망구가 너 감시 좀 해 달라고 했어."

"감시?"

"그래. 뭐 딱히 감시라고 한 건 아니지만……. 지켜봐 달라고 했으니까 감시지 뭐."

"보기만 하라고 했어? 뭐 다른 거는?"

"야, 너 걱정돼서 그러시는 거야! 그러니까 이제 그 이야기는 끝내자."

뭔가 더 있는 게 분명했다. 녀석 눈동자가 심하게 흔들리는 걸 봐 버렸다. 이 아이는 생각보다 많은 걸 알고 있다. 어린 시절 이곳에서 같이 놀았던 동갑내기 남자애. 나나를 귀신이라고 놀리던 목소리에 이 싸가지 목소리도 포함되어 있었다.

녀석은 내가 더 캐묻기 전에 줄행랑을 치고 싶은 기색이었다. 다만 재빨리 자리를 뜨지 못한 것은 길을 잃은 나를 혼자 두고 가 버릴 수가 없었기 때문이다. 은근히 마음이 약한 녀석이다. 아니다. 마음에 걸리는 건 이 장소일지도 모른다. 분명 나를 혼자 두고 가 버릴 수 없는 이유가 또 있다.

"혹시 할머니가 나 이 근처에 못 오게 하랬어?"

녀석 뒷모습이 굳었다.

"맞지? 그때 그 일, 이 산에서 벌어진 거?"

"넌 정말 아무 기억도 안 나냐? 아니면 아무것도 못 본 거야?"

녀석은 뒤돌지 않고 그대로 서서 말했다. 기억이 안 나는 게 내 탓이라도 되는 양 말했다. 그날 이후 삶을 다시 살아야 했던 내가 가장 힘들었다. 녀석은 명백한 타인이고 그건 엄마도 아빠도 작은아빠도 할머니도 미루도 마찬가지다. 모두 나를 이해한다고 말할 수는 있지만, 진짜 이해하고 있는 건 아니다.

"몰라. 기억 안 나."

"나는 기억나."

녀석이 뒤돌았다. 얼굴이 새하얗게 겁에 질려 있었다. 유괴 사건의 주인공은 나인데, 꼭 자기가 피해자인 것처럼 눈동자에 공포가 가득했다. 이 근처가 분명하다. 내가 유괴되었던 장소가. 범인은 이런 미로 같은 산속에 숨겨 두면 괜찮을 줄 알았을 것이다. 하지만 작은아빠는 나를 찾고, 나를 구해 냈다. 어딘가 어두운 곳에 갇혀 있던 나를.

"뭐가…… 기억나는데?"

녀석은 아무 말도 안 했다. 그리고 도망치려고 했다. 나는 녀석 옷자락을 잡았다. 빨랐다. 내가 이리 민첩하고 빠른지 몰랐다. 하지만 지금 놓쳐 버리면 영영 녀석이 입을 다물 것만 같았다.

"씨발."

녀석이 작게 중얼거렸다.

13

기억하지 못하는 자와 기억하는 자

조금 뒤 싸가지는 내 손목을 끌고 산을 내려왔다. 산을 내려오면서는 아무 말도 하지 않았다. 나는 녀석이 아무 말도 안 했지만 많은 말을 했다고 생각했다. 그리고 곧 실제로 나에게 이야기해 줄 거라는 것도 알았다.

산을 거의 내려와 갈림길에 다다랐을 때, 녀석이 문득 정신을 차린 듯 말했다.

"나중에. 나중에 하자."

"알았어."

나는 녀석에게도 준비할 시간을 주기로 했다. 8년을 기다렸다. 조금 더 기다린다고 해서 달라질 건 없다.

녀석이 담배를 꺼내 물었다. 서둘러 주위를 둘러봤지만, 다행히 아무도 안 보였다. 대담한 녀석. 부러워졌다. 나도 담배를 피우면 세상이 달리 보일까? 다른 내가 되어 다른 시작을 하는 모습을 상상해 보았다. 아무도 못 건드리게 단단해지는 것이다. 누가 뭐라고 하면 보란 듯이 담배 연기를 내뿜는 나.

갑자기 녀석이 서둘러 담배를 빨더니 비벼 껐다. 저만치 할머니가 다가오는 게 보였다. 할망구니 뭐니 말해도 담배는 들키기 싫은 모양이다. 내 상상도 깨져 버렸다. 아무리 센 척해도 녀석은 열일곱에 불과했다. 가짜로 덧씌운 껍데기는 허상.

녀석은 할머니에게 성큼성큼 걸어갔다.

"할망구, 내가 손녀딸 산에서 구조해 왔어."

본래 싸가지 표정으로 돌아온 녀석은 아무 일 없었다는 듯이 휘파람까지 불었다. 할머니 눈길이 잠시 나에게 머물렀다가 녀석에게 갔다. 녀석은 다른 모습으로 위장하고 있었다. 이제 누가 봐도 철없이 까불기만 하는 싸가지로 보였다.

밤새 누렁이가 짖어 댔다. 꿈이었는지 환상이었는지 모를 괴물의 등장이 기억났다. 대나무 숲에서 튀어나온 괴물 때문에 누렁이가 겁에 질려 있는 모습이 눈에 어른거려 잠을 이룰 수 없었다. 그렇다고 튀어 나가 괴물을 쫓을 수도 없었다. 괴물이 진짜 원하는 게 나일 것만 같다. 나를 꼬여 내기 위해 일부러 판 함정인 것이다.

함정. 내가 찾아가고 있는 일 자체가 함정일지 모른다. 제발로 걸어가 곤두박질치게 만들어진 무서운 함정. 나락, 수렁.

빨리 아침이 오길 바랐지만, 시간이 잘 안 갔다. 먼동이 터올 기미도 보이지 않았다.

도대체 녀석은 무엇을 알고 있을까? 나에게 뭘 말하려는 걸까.

깜빡 잠이 들었던 것인지 어느 순간 부엌에서 달그락거리는 소리가 들려왔다. 새벽일을 나가는 할머니가 밥상을 차리는 소리였다. 아직 푸르스름한 새벽 공기가 조금 열린 문틈으로 기어들어 왔다. 낮도 밤도 아닌 경계에 서 있는 기묘한 시간이다. 꼭 다른 차원, 다른 공간처럼. 대나무 숲에서 이상한 괴물이 기어 나와 내 삶에 끼어든다고 해도 아무도 모를 그런 시간이다.

조금 더 시간을 때우기 위해 눈을 감았다가 떠 보니 엄마가 깨어 있었다. 엄마는 할머니와 이야기를 나누고 있었다. 둘은 마주 앉아 두런두런 이야기할 만큼 살가운 사이가 아니기에 낯선 풍경이었다. 더 이상한 점은 밖이 훤한데도 지금까지 할머니가 나가지 않았다는 점이었다. 여기 와서 아침에 집 안에서 할머니를 본 적이 없었다. 할머니는 늘 부지런히 움직이고 부지런히 일했다.

가만히 열린 문틈에 귀를 대고 어두운 방 안에 앉았다.

"은요가……."

내 이름에 귀가 번쩍 뜨였다. 역시 내 이야기를 하고 있었다. 그런데 그 뒤는 잘 들리지 않았다. 아무리 정신을 집중해 봐도 들리는 소리라고는 '그랬는데', '그러나', '그래서' 같은 접속사뿐이었다.

"저도 이제 어쩔 수 없어요, 어머님."

엿듣는 걸 포기하려던 찰나, 갑자기 엄마가 목소리를 높였다.

"제가 여기 온 건, 은요가 졸라서만이 아니에요. 완벽히 끝내기 위해 왔어요."

"얘야, 소리 낮춰라. 그러다 은요 깨제."

"어쨌든 제가 말씀드릴 수 있는 건 은요 아빠랑 끝났다는 거예요. 사실 이미 8년 전에 끝났다는 건 아시죠?"

할머니는 아무 대답도 못 했다. 엄마 아빠의 이혼을 예상 못 한 건 아니지만, 가슴이 쿵 내려앉았다. 게다가 8년 전이라니. 하필 그때였다. 우연히. 아니면 필연적으로.

끝났다.

엄마와 아빠가 끝났다.

엄마가 여기 온 이유가 따로 있다는 것은 어렴풋이 짐작하고 있던 바다. 그렇지만 이런 걸 예상하지는 않았다.

"근데 준이가 난리 날 거다."

"서방님이 왜요?"

"은요를 딸처럼 생각하잖아. 솔찬히 섭해할 텐데……."

"서방님이 우리 은요 아빠라도 된대요? 친아빠도 아니면서 8년이나 참견한 걸로 됐다고 전해 주세요. 그리고 이미 끝난 일이잖아요."

갑자기 엄마가 흐느꼈다. 또 엄마가 미쳐서 날뛸까 봐 겁이 났다. 나와 둘만 있을 때는 괜찮지만, 할머니 앞에서 그러는 건 싫었다. 나는 달려 나가 엄마를 안아 주어야겠다고 생각했다. 여태까지 나는 엄마를 진정시키기 위해서 그런 행동을 한 적이 없었다.

"아고. 아고."

할머니는 뭐라 할 말이 없는 듯 같이 울먹이기만 했다. 엄마는 예상과 달리 폭발하지 않았다. 계속 작은 소리로 흐느끼고만 있었다.

"너무 원망스러워요. 우리가 헤어지려고만 하지 않았어도, 은요를 여기 보내는 일도 없었을 거고 그러면 그 일도 없었을 텐데……. 나 자신이 용서가 안 되어서 미칠 것만 같아요."

"아니다. 내 아들이 잘못한 거제. 내가 미안하다. 그래서 은요 여기 오는 거 준이에게도 말 안 한 거다."

"예. 서방님 알기 전에 내일이라도 갈게요. 다 정리하고, 저도 은요도 싹 잊고 새 출발 할 거예요."

문틈으로 할머니 얼굴이 보였다. 내가 잘못 본 걸까. 할머니 얼굴에 안도하는 빛이 스쳤다. 엄마가 돌아간다는 말을 하자마자 다행이라고 여기는 표정을 지었다. 뭔가 잘못되었다. 할머니가 나를 감시하라고 했다는 싸가지 말이 생각났다. 단순히 내가 위험해질까 봐 경호원을 붙인 거라고 생각하려 했다. 익숙하지 않은 산길과 과거의 충격에서 보호하기 위해서. 그런데 자꾸 감시라는 말이 걸렸다. 말 그대로 감시. 오히려 나를 경계하는 것 같은 표현이다.

"안 가요."

나는 마루로 나갔다. 엄마와 할머니가 눈을 동그랗게 뜨고 봤다. 특히 할머니가 많이 놀랐다.

"왜, 왜? 여기 별거 없잖냐."

별 게 없긴요. 여긴 내가 찾는 게 모두 있어요. 모두 말하고 싶었다. 꿈속에 나온 나나라는 여자와 빨간 지붕 집. 우진이가 아는 무언가. 그때 대문으로 녀석이 들어왔다. 싸가지는 대화를 엿들은 것 같지는 않았다. 그 애 존재 자체만으로 나는 말할 수가 없었다. 우리 둘 사이에는 암묵적 동의가 있었다. 나중에. 나중에 말하자. 우리 둘이서만.

"나 왔어, 할망구."

허름한 추리닝 반바지를 끌어 올린 녀석은 평상에 엉덩이를 붙여 버렸다.

"아침밥을 일찍 먹었더니 졸리다. 여기 수박 없어?"

처음부터 수박을 먹으러 온 건지, 담장을 넘긴 내 목소리에 헐레벌떡 온 것인지는 모르지만, 능청맞은 녀석은 평상에 대자로 누웠다.

"썩을 놈, 수박이 갑자기 어딨다냐."

할머니도 능청을 떨었다. 먹다 남은 수박이 있는 걸 아는데 없다고 했다. 녀석이 빨리 가 버려 이야기를 끝내길 바란 것이다. 나에게서 서울로 돌아가겠다는 확답을 받고 싶어서. 녀석은 나를 방해하기는커녕 도와주고 있었다.

"아이 씨, 무슨 집에 수박도 없어? 내가 한 통 쏠게. 야, 같이 사러 갈래? 내가 보기보다 힘이 좀 없거든. 사 주는 대신 네가 들어."

녀석의 신호를 즉각 알아챘다.

"그래. 내가 들게."

엄마와 할머니가 황당해하는 사이에 우리 둘은 서둘러 밖으로 나왔다. 그리고 옆집에 세워져 있던 녀석 자전거를 탔다. 우리는 아무 대화도 나누지 않았지만 호흡이 척척 맞았다. 자전거는 멀리멀리 달아났다. 할머니 집이 멀어져 가니까 마음이 편해졌다.

덜컹거리는 자전거 위에서 나는 녀석의 허리를 잡아야 했다. 부끄럽거나 거부감이 들지 않았다. 바람이 머리를 스치고 지나갔다. 다시 그 여자애를 불러올 수만 있다면 나 대신 자전거에 태워 이 바람을 맞게 해 주고 싶다. 두발자전거도 못 타 봤을 거고, 중학교, 고등학교도 못 갔을 그 아이. 그건 죽음과 같았다. 뚝. 실이 끊어졌다.

나는 사실 처음부터 알고 있었다. 그 여자애가 누구인지. 불현듯 최면 치료를 받던 날이 기억났다.

처음 보는 아저씨가 나에게 말한다.

"자, 당신을 지켜봅니다. 당신이 보입니다. 이제 늘 놀았다는 그 집으로 들어가 보세요. 그날 그 집으로."

나는 시키는 대로 들어간다. 꼭 꿈속처럼 나는 어린 내가 집에 들어가는 걸 지켜본다. 아무도 없고 형체가 뚜렷하지는 않지만 내가 아는 집이다. 목소리가 들려온다.

"거기가 재미있나요? 재미있죠?"

순식간에 그곳은 재미있는 곳이 된다. 온갖 장난감과 예쁜 꽃들이 나타난다. 기분이 좋아서 웃음이 나온다. 깔깔. 까르르. 목소리가 다시 말한다.

"아주 재미난 곳이에요. 그러니까 그곳에서 놀라고 하고 나를 두고 나옵니다."

카메라가 뒤로 물러서듯 어린 나를 안에 두고 대문을 빠져나온다.

"대문을 닫습니다. 꼭 닫고 문도 잠급니다."

파란 대문을 닫는다. 닫혀 가는 대문 틈새로 내 모습이 보인다. 나는 아무것도 모르고 깡충깡충 뛰고 있다. 무척 재미있어 보여서 말을 따르기로 한다. 안에서 재미있게 잘 지내겠지?

쾅.

문이 닫힌다.

자전거가 멈추었을 때, 나는 깨달았다. 아홉 살 여자애는 그 집에 갇혀 있다. 그리고 문을 걸어 잠그고 가둔 것은 다름 아닌 나 자신이었다.

14
갇혀 있는 아이

나는 여자애를 보기 전까지 그 최면이 무슨 의미를 가지는지 몰랐다. 그저 단편적인 기억으로 남아 꿈처럼 환상처럼 머릿속 어딘가에 가지고 있었다. 그런데 이제 퍼즐 조각처럼 흩어졌던 모든 기억을 제자리에 맞춰야 할 때가 온 것이다.

우리는 산길을 걸었다. 녀석이 앞서 걸으며 나를 인도했다.

"말해 줘."

싸가지는 바로 말하지 않았다. 잠깐 멈춰 서서 나를 바라봤다. 무척이나 깊고 슬픈 눈으로. 왜? 묻고 싶었다. 나를 왜 그런 눈으로 보는지.

"말해 줘."

재촉했다. 녀석을 궁지에 몰 생각은 없었다. 그러나 나는 재촉할 수밖에 없었다. 무척이나 의외의 인물, 아니 기억하지 못했으니 처음 여길 올 때부터 나에게는 없었던 인물이 이야기를 가지고 있었다. 당사자인 내가 알기를 바라는 건 전혀 잘못된 일이 아니다.

녀석은 한참이나 먼 곳을 보고 있었다.

"뭘? 뭘 봤냐니까?"

"빨간 피."

싸가지의 눈은 이제 공허했다. 지금 눈앞의 나를 보는 게 아니라 8년 전 그날로 돌아가 빨간 피를 보고 있었다.

피.

나는 다친 곳이 없었다. 단순한 유괴였고 상해나 사고는 없었다. 그런데 왜 피에 대해 말하는 거지?

"아무도 내 말 안 믿어 줄 거랬어. 말하지 않는 게 낫다고."

"누가?"

"그건 중요하지 않아. 나도 그때는 악몽이라도 꾼 거라고 생각해서 그냥 울면서 넘어갔는데, 지금 생각해 보니까 아니야. 널 보고 확실히 깨달았어."

"나? 내가 뭘 어쨌는데?"

"네가 오기 전까지는 그 사건이 진짜인지 가짜인지도 헷갈렸거든. 가끔 꾸는 악몽쯤이었어. 그런데 너 보고 깜짝 놀랐다. 너 어릴 때랑 똑같이 생겼어. 웃는 얼굴이."

녀석은 알 수 없는 이야기만 띄엄띄엄 늘어놓았다. 다만 분명한 건 녀석에게도 8년 전 그날이 희미한 악몽이라는 것이다. 그리고 나와 만나는 순간 악몽이 현실이 된 것이다.

"누구 피인데? 그런데 넌 왜 어떻게 그 자리에서 그걸 본 건데? 나를 데려가던 사람도 봤어?"

내 속에 일어난 만 가지 물음 중에 고르고 고른 몇 가지가 튀어나왔다. 녀석은 입술을 달싹거렸지만 어느 것 하나 속 시원하게 답하지 못했다.

"아!"

마침내 나는 폭발했다. 내 목소리가 산길을 왕왕 울렸다.

"재촉 좀 그만해! 나도 복잡해. 나도 논리적으로 정리가 안 된다고."

녀석은 울상이 되어 변명을 늘어놓았다. 내가 조각난 기억을 하나씩 떠올려 제자리에 맞추는 것처럼 녀석도 시간이 더 필요한 듯싶었다. 그러나 나보다는 훨씬 빨리 하나의 이야기가 될 것이다. 나보다는 객관적일 수 있을 테니까.

"그 집에 가 보자. 내가 어릴 때 아지트로 삼았던 곳이야."

"집?"

녀석이 앞장섰다. 따로 설명은 안 했지만, 나는 단번에 나나의 집으로 가고 있다는 걸 알았다. 녀석은 피를 본 것이 집인지 그 주변인지 확실하지 않다고 중얼거렸다. 내가 집을 찾아 주변을 서성인 걸 녀석은 모르고 있었다.

녀석을 따라 걸으며 나는 엄마와 아빠에 대해 생각했다. 8년 전 엄마와 아빠의 이혼. 그리고 그 전에 있었을 것이 분명한 다툼. 고작 아홉 살인 딸의 방학이 불편했을 것이다. 그래서 친척에게 맡기기로 한다. 마침 시골집에 간다는 사람이 있다. 아빠는 그 전에는 연락하고 지내지도 않던 자기 동생에게 아이를 맡긴다.

엄마는 아빠를 원망하고 후회하고 나를 볼 때마다 자책했을 것이다. 엄마가 지나치게 이상하다고 생각은 했지만 속에 죄책감을 키워 오고 있을 줄은 몰랐다. 엄마를 조이던 게 나일 줄은.

조금 더 걷던 녀석은 갑자기 멈추었다. 역시 목적지는 나나의 집. 나나의 집 지붕은 여전히 노란색이었다. 왜 빨간 지붕 집이라고 썼던 걸까? 노란색보다 빨간색 지붕이 예쁘다고 생각해서 그렇게 상상하며 불렀던 걸까?

혼자 왔던 것과 느낌이 많이 달랐다. 녀석이 옆에 있다는 것만으로 두려움이 많이 사라졌다. 든든하게 의지한다기보다는 누군가 내 반경 안에 존재한다는 것에 대한 안도감. 집에 갇혀 버리는 비정상적인 일이 없음을 알게 해 주는 현실적 인물. 누군가 곁에 있다는 게 좋은 일인지 처음 알았다.

"여기야. 내 아지트."

"여긴 네 아지트가 아니라 나나의 집이야."

"나나?"

"여기 살던 사람."

난 다 기억났다는 듯이 담담한 척 말했다. 녀석이 코웃음을 쳤다.

"그 여자지? 미친 여자. 원래 그 여자 이사 오기 전부터 내 아지트였어."

녀석은 애꿎은 땅을 운동화 앞코로 후벼 댔다. 센 척을 해도 어린아이 같다. 8년 전처럼. 미친 여자라고 놀리고 자기들끼리 깔깔대며 떠들어 댄 것처럼. 사실은 낯선 이에게 겁에 질려 있었으면서 큰 목소리로 고래고래 소리를 질렀다.

"여기를 봐야 확실해질 것 같아."

녀석이 말했지만, 사실은 내가 그랬다.

"연다."

그렇지만, 쉽게 열릴 줄 알았던 문이 열리지 않았다. 문은 잠겨 있었다. 녀석은 열쇠 구멍으로 안을 들여다봤다.

"어? 이상하네?"

"잠겨 있나 봐."

"그럴 리가 없는데……."

"왜? 나나가 잠갔을 수도 있잖아."

그 여자를 나나라고 칭해도 부끄럽거나 창피하지 않았다. 녀석은 내가 어떻게 부르든 상관없는 듯 생각에 빠져 있었다. 옛 기억을 더듬고 있었다.

"역시 살아 있던 건가?"

순간 녀석의 말이 연관되어 떠올랐다. 피.

나나.

피.

빨간 피.

"나나가 피를 흘렸다는 거야? 그런 거야?"

녀석이 고개를 끄덕였다.

아니야. 이건 그저 유괴 사건이잖아. 다행히 다시 아이를 되찾은. 범인은 남자였고, 산속으로 도망가는 바람에 잡지 못했어. 아무도 피를 흘리지 않았다고. 그런데 나나가 왜? 나나가 어떤 식으로 연결되면 피를 흘리게 되는 거지?

내가 어떤 질문을 가지고 있는지 알면서도 녀석은 단호하게 말했다.

"일단 들어가자. 담 넘을 수 있지? 나한테 열쇠가 있는데, 집에 있어."

녀석이 담장에 달려들었다. 높게 둘러친 담장은 내 키를 훌쩍 넘었다. 껑충껑충 뛰어도 안이 안 보일 높이였다.

"난 못 해. 안 해 봤어."

"어휴, 계집애들이란. 자, 내가 받쳐 줄 테니까 발 좀 디뎌 봐."

녀석이 내 엉덩이를 밀어 올리려 했다. 딱히 싫다는 생각을 하지 않았는데, 내 몸에 녀석 손이 닿는 순간 전기에 감전된 것처럼 무서운 섬뜩함이 온몸에 전해졌다.

"싫어!"

나는 팔을 휘둘러 녀석을 뿌리쳤다. 퍽. 둔탁한 소리와 함께 팔에 강한 충격이 왔다. 녀석 머리를 쳐 버린 것이다. 엉거주춤한 자세로 나를 받치려다가 기습에 놀란 녀석이 엉덩방아를 찧고 말았다.

"야!"

녀석은 당황해서 평소 주위 뱉던 욕설도 내뱉지 못했다. 내가 생각해도 과민한 반응이었다. 그저 나를 도와주려고 했을 뿐인데.

"미, 미안해."

"아 씨, 미치겠네!"

"미안해. 어쨌든 이 방법은 안 되겠어. 그냥 열쇠 가져오자. 아냐. 어디 있는지 말해 줘. 내가 얼른 가서……."

"됐어."

녀석이 차갑게 말하고 산을 내려가기 시작했다. 나를 생각해서 길잡이처럼 앞장서고 용기를 내 주었다. 내 반응에 꽤 실망했을 것이다. 녀석은 내가 잘 따라 내려오는지 한 번도 확인하지 않았다. 자업자득이다. 묵묵하고 성실하게 그 뒤를 따를 수밖에.

왜 그랬을까. 이성과 닿은 적이 없어서 놀랐을 뿐이라고 치부하기에는 과했다. 싸가지가 재수 없기는 하지만, 나쁜 놈이라고 생각한 적은 없기에 더 혼란스럽고 미안해서 얼굴을 제대로 볼 수가 없었다.

그날 저녁, 나는 누렁이가 내내 불안해하는 것을 느꼈다. 제 새끼들을 내버려 두고 할머니 뒤를 졸졸 따라다니는가 하면 갑자기 강아지 목을 물어 더 깊숙한 곳으로 자리를 옮기기도 했다. 동물들은 위험을 감지하는 능력이 인간보다 뛰어나다고 들었다. 지진이 나려는 게 아니라면, 딱 한 가지 이유밖에 없다.

오늘 밤, 그 괴물이 또 온다.

누렁이는 아는 것이다. 아니, 어쩌면 괴물은 벌써 대나무 숲 속 그림자에 몸을 숨기고 있을지도 모른다. 햇살이 밝을수록 그림자는 새까맣다. 그림자는 자신과 똑같은 까만 괴물을 품어서 숨겨 주고 있을 것이다.

휴대폰 알람을 진동으로 맞추고 손에 쥐었다. 새벽 세 시. 밤도 낮도 아닌 시간. 괴물의 영역과 나의 영역의 중간. 대나무 숲과 할머니 집 마당의 경계. 같은 시각에 올 게 분명하다.

일찌감치 잠자리에 들어 갖가지 꿈을 꾸었다.

커다란 입을 벌리고 누렁이를 잡아먹는 괴물, 그걸 돕는 강아지들, 달이 나타나자 드러나는 괴물의 정체, 할머니. 할머니? 어느 순간 괴물은 할머니다. 어디서 나타났는지 작은아빠가 할머니 목에 줄을 채운다. 마치 애완동물을 다루듯. 다시 보니 그건 할머니가 아니다. 귀신이다. 머리를 풀어 헤친 귀신, 얼굴이 없다. 그냥 머리카락뿐이다. 나는 비명을 지르며 달린다. 나나의 집으로 간다. 지붕이 이제야 빨갛다. 여기가 맞아. 나나의 집이야. 빨간 지붕에 사는 나나, 나나가 사는 빨간 지붕 집. 드디어 찾아왔다. 내가 찾아낸 노란 지붕 집은 역시 가짜였어. 잠겨 있는 문. 안 돼! 누군가 지른 소리에 돌아본다. 그사이에 대문이 열려 있다. 열린 대문 안으로 여자 머리가 보인다. 머리에서 피를 흘리는 여자. 여자는 피를 무척 많이 흘린다. 그리고 그 옆에 서 있는 남자. 장우진이다. 우진이는 도끼를 들고 있다. 도끼로 내려친다. 안 돼. 피가 사방에 튄다. 피가 하늘 높이 튄다. 지붕 위까지. 그제야 나는 안다. 지붕이 빨간 이유를. 지붕에서 여자가 뿜어낸 피가 흘러내리고 또 그 위를 흘러내린다.

드르륵.

눈이 번쩍 떠졌다. 손 안에서 휴대폰이 울려 댔다. 전화? 곧 알람이라는 걸 알았지만, 나는 잠시 가만히 있었다. 아직 밖은 조용했다. 괴물이 왔다가 간 걸까? 아니면 아직 안 온 걸까? 기다리기가 지루했다.

은요 - 민세야, 밤마다 대나무 숲에서 괴물이 나타나.
은요 - 지금 괴물을 보러 갈 거야. 겁이 나. 그래도 해야 해.

민세는 성실한 애니까 지금쯤 자고 있을 것이다. 낮에 보내는 메시지에도 답이 없는데 새벽에 답을 해 줄 리 없다. 그래도 이번만큼은 답장을 주었으면 했다. 나는 전투에 나가며 가족들의 축복과 신뢰를 받길 바라는 전사처럼 휴대폰을 뚫어져라 봤다.

민세에게 내가 자꾸 메시지를 보내는 이유를 비로소 알 것 같다. 나는 지원군이 필요하다. 내가 과거를 되찾는 게 옳다고 말해 줄 사람이 필요한 것이다.

왈왈!

전투가 시작되었다. 나는 문 옆에 미리 놔둔 빗자루를 들고 문을 열었다. 누렁이와 괴물이 마주 보고 있었다. 처음 봤을 때는 둘의 싸움처럼 보였지만, 오늘은 그렇게 보이지 않았다. 괴물이 원하는 건 처음부터 나였다. 누렁이는 나를 지키려는 것이다. 겁쟁이 왕을 지키는 성실한 문지기다. 진실을 알겠다고 이곳에 내려와서도 나는 내내 도망치고만 있었다. 대문 밖에서 관람하는 구경꾼처럼 행동했다. 그런데 더는 그렇게 빙빙 돌지 않으려 한다.

유괴 사건의 중심은 나다. 난 중요한 등장인물이다. 주인공. 내내 주변인으로 조연으로 살아왔지만, 이번 여름 이곳에서는 다시 주인공이다.

나는 괴물과 누렁이 사이로 뛰어들었다.

15

나나가 갇힌 곳

"오매, 이게 무슨 일이야?"

아직 깜깜한 새벽, 할머니가 외마디 비명을 질렀다. 나는 엄마가 뛰쳐나가는 걸 보면서 다시 눈을 감았다.

"어머!"

"허벌나게 크네. 어디서 이런 게 나왔을까? 진짜 괴물이 따로 없네."

"어머님도 이런 거 처음 보세요?"

"이게 토종이 아니다. 전에 다들 이거 잡는다고 난리였는데, 이건 그중에서도 더 크네. 거시기 이게 뭐다냐, 그래, 황소개구리."

할머니와 엄마는 내가 쓰러뜨린 괴물을 두고 한참 이야기를 했다. 내가 쓰러뜨리고 누렁이가 목을 물어 숨을 끊어 놓왔다.

달빛 아래 모습을 드러낸 괴물은 커다란 개구리였다. 두꺼비같이 울룩불룩하고, 비정상적으로 컸다. 머리가 컸고, 웅크렸지만 살이 뒤룩뒤룩 쪘다. 누렁이보다 몸집이 커 보였다. 괴물의 정체가 개구리인지 두꺼비인지 하는 양서류라는 걸 알았을 때, 허탈한 마음보다는 무서운 마음이 컸다. 내 두려움이 저런 모양새라는 게 끔찍했다. 무언지 직접 보지도 못하고 그림자만 보았으면서 턱도 없이 부풀리고 키워 놓은 두려움이 눈에 보였다. 나는 그런 사람이었다. 처음부터 피하지 않았더라면 커지지 않았을 두려움인 것을. 괴물을 만든 건 나였다. 커질 대로 커져 감당하지 못하게 되고서야 나는 괴물과 대면했고, 대면하기까지 괴로워했다.

옆집 문 앞에서 새로 생긴 동료를 기다렸다.

"아, 씨발! 깜짝 놀랐네!"

녀석은 대문에서 나오자마자 소리부터 꽥 질렀다. 집 안에서 검둥이가 짖는 소리가 요란했다.

"이거 봐."

나는 다짜고짜 색칠 공부를 내밀었다. 녀석이 고개를 절레절레 흔들며 색칠 공부를 대충 넘겨 보았다.

"참, 난 이해를 못 하겠단 말이야. 아냐? 너 같은 애랑 엮인 거 진짜 짜증 난다는 사실. 이게 뭔데?"

"나도 알아. 그런데 내가 왜 그 여자를 나나라고 부르는지, 왜 여기 왔는지 알려 주고 싶었어."

내가 담담히 대답하자, 녀석이 놀랐다. 일부러 나를 도발하려고 험하게 말한다는 건 진작 간파했다. 그게 녀석이 상대를 누르는 방식이었다. 내가 그냥 넘어가니까 녀석이 할 말이 없어졌는지 멀뚱히 서 있었다.

나는 내가 쓴 낙서를 찾아 보여 주었다. 이 마을 주소를 적고 나나의 집, 그것도 '빨간 지붕 나나 집'이라고 칭한 글귀.

녀석은 한참 그걸 빤히 보고 있다가 고개를 들었다.

"나도 보여 줄게."

"뭘?"

녀석은 들어오라는 소리도 없이 자기 집으로 들어갔다. 별생각 없이 들어서다 보니 안에 검둥이가 있었다. 검둥이는 나를 본체만체 물만 할딱할딱 마셨다. 저번에 광견병 걸린 개처럼 굴던 것과는 너무나 다르게 평범한 모습이었다.

"거기 서서 뭐 해?"

싸가지가 뻔뻔하게도 아까부터 기다리고 있던 것처럼 말했다. 소모적인 대거리를 하기 싫어서, 순순히 녀석이 있는 방으로 들어갔다.

"집에 아무도 없어?"

"엄마 아빠 직장이 시내야. 여기서 두 시간은 걸려."

"그래? 그런데 너희 가족은 왜 여기 살아? 너도 학교는 다른 데라며? 그냥 가까운 데서 살지."

"그건…… 몰라서 묻냐?"

"뭐?"

"뭘 그렇게 꼬치꼬치 물어? 언제부터 남 일에 그렇게 관심이 많았는데?"

녀석은 지나치다 싶을 정도로 거칠었다. 내가 그렇게까지 무례한 질문을 한 것도 아닌데. 나는 무안해서 눈을 돌렸다. 치사해서 더 캐묻고 싶지도 않았다. 다행히 그 애 방에는 볼게 많았다. 온통 책으로 가득 차 있었다. 그것도 아주 낡은 책. 엄마의 학술서만큼이나 낡은 종이 냄새를 풍기는 책들이 가득했다. 고서점이나 헌책방처럼.

문득 이런 방을 전에도 본 적이 있다는 게 떠올랐다. 네 면중 세 면을 책장으로 뒤덮어 책장 위에서 천장까지 책을 쌓아 두던 아주 작은 골방. 그 방에 있던 낡은 책들. 책장으로 가려 작은 창문 하나 없이 문을 닫으면 햇빛도 들지 않고, 바람도 통하지 않아 퀴퀴한 냄새가 가득했다. 게다가 문을 닫았을 때 그 깜깜함이란. 눈을 뜨고 있으면 눈이 아프다는 착각이 들 정도로 아무것도 보이지 않던 어둠. 그 속에 웅크리고 있는 사람. 누구지? 아니, 다른 누가 아니라 나다.

감옥 같아.

답답해.

나나, 여기서 나가게 해 줘. 나갈래.

소름이 오소소 돋았다. 팔을 쓸어내렸다.

"여기 이거 봐."

녀석은 나에게 낡은 졸업 앨범을 툭 던졌다. 먼지가 풀풀 날렸다. 근처에 있는 여자 고등학교 졸업 앨범이었다.

"이게 왜?"

"3반. 우리 엄마가 3반이었거든."

"너희 엄마 사진 보라고?"

"보라면 보기나 해. 눈에 확 띄는 사진이 있을 테니까."

해맑은 내 또래 여고생들이 촌스러운 교복을 입고 발그레한 볼을 하고 있었다. 머리에는 핀을 꽂아 촌스럽게 치장했다. 그래도 아이들은 한결같이 곱고 예뻤다.

3반에서 누가 녀석 엄마인지 훑어보다가 눈에 띄는 여학생을 발견했다. '이소영'이라는 이름. 정말 머리카락이 쭈뼛 설 정도로 눈에 확 들어왔다. 과연 녀석 말대로였다.

"내 말이 맞지?"

어떻게 이 여자 사진이 여기에 실려 있는 걸까?

"이 여자가…… 네 엄마야?"

"우리 엄마는 그 옆에."

그 옆 사진에는 착하고 똑똑해 보이는 여학생이 있었는데 누가 봐도 알아볼 정도로 눈매와 입이 녀석과 닮았다. 나는 다시 문제의 사진으로 시선을 옮겼다. 보고 또 보아도 놀라울 따름이다.

그건 내 꿈과 기억 속에서 찾아낸 나나였다. 단정히 빗은 머리에 반짝반짝한 눈을 하고 있지만, 그 여자가 맞다. 내가 본 나나보다 15년, 아니 20년은 젊어 보였다. 가끔 짓던 눈웃음을 사진 속에서 살포시 짓고 있었다. 무척 아름답고 밝아 보였다.

"너희 엄마 연세가……."

"몇 년도 앨범인지 보면 계산 탁 나오잖아. 마흔다섯이셔."

나나는 아주 평범해 보였다. 졸업 앨범을 찍을 때는 열아홉 살. 그렇다면 내가 봤을 때는 서른일곱. 많지도 적지도 않은 나이다. 18년의 세월 동안 이 아름다운 소녀에게 무슨 일이 있었던 걸까.

"알고 싶어……. 왜 그렇게 됐던 건지."

"왜 동네 미친년이 된 건지?"

"둘 다! 그 미친년 소리 좀 그만할 수 없어?"

녀석은 아무 말 못 했다. 내가 격분하자, 검둥이가 짖었다. 저놈의 개. 나는 손에 잡히는 책 한 권을 집어 들어 녀석에게 던졌다. 책은 멀리 못 가고 대청마루에 떨어졌지만, 검둥이는 놀라서 펄쩍 뛰며 물러났다. 그러나 이내 떨어진 책에 다가가 코를 박고 킁킁 냄새를 맡았다.

"엄마는 언제 오셔?"

"어쩌려고? 나 엄마랑 별로 안 친해서 이것저것 설명하기가 좀⋯⋯."

싸가지는 한숨을 푹 내쉬었다. 그러고 보니 이곳에 온 뒤로 녀석 부모를 한 번도 본 적이 없었다. 녀석이 자물쇠로 잠긴 자기 방 문을 보여 주었다. 부모와 자식 간의 정과 믿음 따위는 없다는 걸 상징하는 자물쇠다. 하지만 졸업 앨범 속 녀석 엄마는 순박하고 착하기만 한 소녀였다. 무슨 부탁이라도 들어줄 것 같은 얼굴을 하고 있었다.

나나가 달라진 것처럼, 순박하고 착하기만 한 소녀는 온데간데없었다. 살면서 한 번도 웃어 본 적이 없는 것 같은 차가운 얼굴과 마주한 순간, 나는 녀석이 불쌍해졌다.

"그래서 하고 싶은 말이 뭐니?"

송곳 같은 말이 날아와 꽂혔다.

녀석의 부모가 온 시각은 여덟 시였다. 할머니 집에 돌아가 저녁을 먹고 시간을 때우는데, 차 소리가 났다. 얼른 뛰어나가 보니 검은 세단이 녀석 집 앞에 서 있었다. 검둥이가 반기는 것도 무시한 부부는 곧장 집으로 들어갔다.

"안녕하세요. 저는 옆집 손녀딸인데요."

부부는 대뜸 자기소개를 하는 나를 조금 놀란 얼굴로 바라보았다가 녀석을 봤다. 나는 오해를 살까 봐 황급히 여자 친구 같은 게 아니라고 더듬더듬 변명을 했다. 그리고 이어서 녀석 엄마에게 졸업 앨범 속 이소영, 즉 나나에 대해서 물었다. 다소 부자연스러운 전개였고 옆집 아주머니는 크게 당황했다.

녀석은 모든 상황이 진행되는 동안 아무 말도 안 했다. 귀찮다는 듯한 표정을 짓고 있었지만, 꼭 두려운 것처럼 보였다. 과거 일이 현재로 넘어와 재확인되는 일이 왜 당사자도 아닌 녀석에게 두려운 일일까. 내 두려움이 녀석에게 전염되었을까.

"그래서 하고 싶은 말은요……. 제가 이 여자에 대해서 알고 싶다는 거예요."

결국 나는 녀석의 엄마와 마주 앉았다. 어색한 우리는 눈을 마주치는 대신 사이에 펼쳐져 있는 졸업 앨범을 바라봤다.

"사람 잘못 본 거 아니니?"

"아뇨. 맞아요. 나나…… 아니, 이소영 씨요. 왜 그렇게 생각하시는데요?"

"걔를 찾는 사람도 있다니 놀랍네. 가족도 없던 앤데."

말투에서 나나를 싫어하는 감정이 묻어났다. 적대적이라고 해야 할까. 어떤 사이이기에 이런 감정을 가지는지 알 수 없어서 다음 질문이 망설여졌다. 나는 늘 무리 속에 있었지만 아이들과 어떤 '관계'라는 것을 맺은 적이 없고, 다른 아이들의 관계에 대해서도 관심을 기울인 적이 없었다. 뒤늦게 나의 무관심이 후회되었다.

"학생, 내 입으로 이런 말 하기 그렇지만, 내가 그때 반장이라서 잘 알거든. 이 여자 아주 질이 안 좋은 여자야. 학생같이 순진한 사람은 안 엮이는 게 좋아."

"질이 안 좋다뇨?"

"거봐, 지금 내 말뜻도 모를 정도로 학생은 때가 안 묻었잖아. 못 알아들으니까 말해 주는 건데, 이 남자 저 남자 꼬이고 다니는…… 뭐 그다음은 말 안 해도 알지? 부모 유산 받아 돈 많아서 잘난 척도 심하고, 부모 없이 할머니가 오냐오냐 키워서 그런지 원."

확실히 싫어한다. 나나를. 단지 세상과 거리를 두고 싶은 외롭고 섬세한 사람이라고만 생각했는데. 이렇게 환하게 웃던 시절에도 사람들은 나나를 싫어했던 것이다. 이상하게 내가 따돌림을 당하는 것처럼 마음이 아렸다.

"이제 그만 가 봐라. 더 할 말도 없어."

"저, 하나만 더요. 그럼 계속 이 동네에 산 거예요? 혹시 산

밑에⋯⋯."

"저기 전원주택 단지 있지? 원래 거기에 양옥집 짓고 살다가 졸업하자마자 서울로 대학 간다고 이사 갔다. 그 뒤로는 나도 모르니까 이제 가라."

그 뒤로는 모른다고? 여기 다시 돌아와서 마을 애들에게 귀신이니 뭐니 놀림받던 8년 전 일은 모르는 눈치였다. 싸가지도 나를 보며 눈짓을 했다. 쫓기듯 대문을 나서는데, 뒤에서 아주머니가 중얼거리는 소리가 들려왔다.

"여우 같은 계집애 생각하니까 짜증 나 죽겠네."

16

어떤 관계

"엄마가 모르는 게 당연하지. 아침에 나가서 밤에 오고, 주말에도 이 동네에 안 붙어 있거든."

녀석은 돌아온 나나를 엄마가 모르는 이유를 이렇게 짐작했다. 아무리 관심이 없다지만, 한동네에 떠도는 소문을 모른다는 것이 조금은 이해가 되지 않았다. 게다가 녀석은 나와 동갑. 당시에는 어린 나이였다. 아들의 안위가 걱정되어 마을 소문을 챙기는 건 당연한 거 아닌가.

"너는? 너는 그럼 어릴 때부터 혼자 있었어?"

"할머니가 있었어, 나도."

얼굴이 쓸쓸해 보였다. 과거형 문장. 녀석의 할머니는 지난 8년 중 어느 날 사라졌을 것이다. 지금 내 할머니에게 붙은 이유가 그거였다. 할머니 부하 노릇을 하며 나를 따라다닐 정도로 친근한 사이. 자신의 할머니를 대신할 옆집 할머니.

"꼭 네가 우리 할머니 손자 같다."

갑자기 코끝이 찡해졌다. 나는 그토록 그리워할 대상이 없었다. 엄마? 아빠? 작은아빠? 문득 미루가 떠올랐다. 미루라면 가까운 가족이 될 수 있을 듯도 하다. 어린 시절 함께 겪은 일이 있기 때문인지 자꾸 마음이 간다. 그러나 미루에게도 차마 여기 있다는 걸 전할 수 없었다. 출국하기 직전에 문자 메시지로 아는 게 최선이라는 생각이 든다. 알면 당장 여기로 달려올 미루다. 그건 또 싫다.

그나마 평생 잔소리꾼과 감시자로 여겨 온 엄마가 가장 가까운 사이라 할 수 있다. 친하기는 작은아빠와 더 친하지만 엄마와 함께한 시간이 많아서인지 그냥 그렇다. 아니면 나나? 지금 나는 나나가 그립고 애틋하다. 처음에는 내 사건을 따라왔지만, 이제는 나나에 대해 더 궁금하다. 어디로 사라진 것인지 알아내는 것이 더 중요한 문제처럼 여겨진다.

은요 – 민세야, 너에게 지금 가장 가까운 사람은 누구야? 엄마? 아빠? 아니면 친구? 나는

녀석이 담배를 피우러 어디론가 간 사이에 민세에게 메시지를 썼다. 이제는 시시때때로 보고를 하지 않고는 불안하다.

답장이 안 오는 것은 당연하게 여기고 있다. 그러나 내 마음 속에서 자라나는 말을 전하지 않고는 못 배길 것 같다.

"뭐 해?"

녀석이 내 전화기를 낚아챘다. 미처 메시지를 다 쓰기도 전이었다. 녀석 손끝에서 담배 냄새가 훅 났다.

"민세? 남자 친구냐?"

"아냐."

"그래? 하긴 너한테 남자 친구 같은 게 있을 리 없지. 근데 아무리 생각해도 남자 이름 같은데? 만세도 아니고, 이름이 민세가 뭐야, 민세가."

녀석은 나보다 큰 키를 이용해서 전화기를 요리조리 빼돌리면서 뭐라고 더 메시지를 적었다.

"야, 너 지금 뭐 하는 거야? 그만해! 이리 내놔!"

"보냈다!"

돌려받은 전화기에는 문장이 완성되어 있었다.

은요 - 민세야, 너에게 지금 가장 가까운 사람은 누구야? 엄마? 아빠? 아니면 친구? 나는 너야. 너는?

"이게 뭐야? 너……."

"남자 맞지? 고백은 못 하고 계속 쓸데없는 말만 돌려 하던 거 아냐? 너 전에도 몇 번 보내는 거 봤다. 나중에 잘되면 나한테 고마워해라."

어이가 없어서 대꾸할 수도 없었다. 졸지에 민세에게 고백을 해 버린 게 민망하기도 했다. 엉뚱한 녀석. 그래도 녀석이 싫지 않은 건 할머니와 친구처럼 손자처럼 지내는 가까운 사람이어서일 것이다. 그리고 지금 내가 고민을 공유할 수 있는 유일한 동료이기 때문이리라.

우리는 나나의 집으로 갔다. 녀석은 나나가 갑자기 나타난 이상한 여자였다고 정의했다. 엉클어진 머리를 풀어 헤치고 멍한 눈으로 산에서 내려오는 모습이 그렇게 보였을 법도 하다. 심심하고 나른한 이 마을 아이들이라면 나나를 화제에 올리지 않을 수 없었을 것이다. 무서운 존재지만, 재미있는 이야깃거리가 되어 주었다. 아이들은 늘 나나에 대해 이야기했고, 말을 부풀렸으며, 진짜 나나가 나타나면 '와!' 소리를 지르며 흩어져 나나를 놀렸다.

"진짜 그렇게 이상해 보였어?"

"몰라. 그랬던 것 같기도 하고 아니었던 것도 같고. 그냥 그러는 게 재미있어서……."

상관없었을 것이다. 나나는 행색이 이상한 외지인이고, 심심한 아이들에게는 외계인이나 다름없었다. 농사일에 바쁜 어른들은 낮에만 가끔 나타나는 외지인의 존재를 잘 몰랐고 아이들을 통해 소문만 들었다.

"나나는 여기 왜 내려왔던 거지? 산에만 있으면 애들한테 돌팔매 당할 일도 없잖아."

나는 나나의 눈에 들어 있던 멍을 떠올리며 물었다. 꼭 짓궂은 동네 아이들 소행이라 할 수는 없지만 달리 설명할 길도 없었다.

"주로 구멍가게나 문방구에 나타났어. 아, 그러네. 애들 말고도 아는 사람이 하나 있다. 아, 이 꼴통. 왜 진작 그 생각을 못 했지?"

"뭐가?"

"구멍가게 아줌마는 나나를 알 거야. 거기서 라면 같은 걸 사 갔으니까."

녀석은 내 의견을 들을 새도 없이 구멍가게로 걸음을 옮겼다. 긴 다리로 경중경중 가는 모습이 어쩐지 즐거워 보였다. 언제부턴가 녀석은 이 사건을 즐기고 있었다. 본인도 악몽이라고 정의했지만, 생각보다 불행하게 지내 온 것은 아닐까 염려가 될 정도였다. 녀석이 도통 말하지 않는, 피 흘리는 장면은 어떤 모습이었을까. 혹시 녀석은 나나가 살아 있다는 단서를 잡고 싶어서 나를 돕는 것은 아닐까.

"그 여자? 기억나지. 머리가 좀 요렇게 된 여자잖아."

50대인 구멍가게 아줌마는 15년째 마을에서 가게를 꾸리고 있었다. 외지에서 남편을 따라 동네로 들어왔으나, 나이차이가 많이 나는 남편이 일찍 죽는 바람에 가게를 인수받아 눌러앉았다고 했다. 가까운 도시에 딸과 아들이 직장을 다니고 있고, 둘 다 효자라는 걸 자랑스럽게 여기고 있었다. 아줌마는 별 상관도 없는 우리에게 한참 자랑을 늘어놓고 나서야 나나 이야기를 들려주었다.

"정확히 언제 여기 온 건지 아세요?"

"글쎄? 봄이었던가? 여름이었던가? 우리 딸이 대학 방학이라고 들어와 있었으니까 한 6월쯤 됐던 거 같네."

그해 여름, 나나가 돌아왔다.

"전에 이 지역 고등학교를 다녔던 거 같은데요?"

"고등학교는 모르겠고, 낯이 익어서 여기가 고향이냐고 물어보니까 아니라고 했던 거 같아. 자기는 서울에서 왔다고 했어. 나도 타지에서 왔으니까 좀 얘기가 통할까 했는데, 알고 보니까 머리가 좀 이상한 것 같더라고."

아줌마는 혀를 끌끌 차며 우리가 계산한 과자를 검은 비닐봉지에 담았다. 검은 비닐봉지를 보니까 뭔가 스치는 장면이 있었다. 나나가 파란 대문을 밀며 들어올 때, 얼굴보다 먼저 보이던 검은 봉지. 그 안에는 딸기 우유와 라면이 들어 있곤 했다.

나나가 이곳에 있던 시기는 내가 있던 여름 방학과 거의 일치했다. 그리고 나나는 사라졌다. 마지막 목격자는 아마도 장우진. 녀석은 피를 흘리던 나나를 목격했다. 이 모든 건 짧은 순간 이루어졌고, 희뿌연 안개처럼 분명한 게 하나도 없었다. 마치 누군가 아주 큰 거짓말을 하고 있는 것처럼.

"집에 들어가 보자."

녀석은 나나의 집 앞에서 당당히 말했다.

"열쇠 가지고 왔어?"

녀석이 녹슨 열쇠를 보여 주었다. 집주인이 누구일까? 나나는 이곳과 반대쪽인 전원주택 단지에 있던 양옥집에서 살았다고 했다. 지금은 없는.

"맨 처음에 열쇠는 어디서 난 거야?"

"처음에 이 집 발견했을 때 대문 앞 우편함 속에 있었어."

"그걸 훔쳐서 내내 가지고 있었단 말이야? 그럼 나나는? 나나는 열쇠가 없었겠네?"

아니다. 나나는 문을 잠갔다. 말을 뱉고 나니까 그제야 아니라는 걸 알았다.

다녀올게.

나나는 낮에 잠깐씩 나가곤 했다. 그런데 내가 있어도 꼭 문을 잠갔다.

나나는 왜 문을 잠가?

누가 올지도 몰라서. 누가 오면 아무도 없는 척 숨어 있어야 해. 알았지?

숨어 있어야 한다? 아무도 없는 척해야 한다? 올지도 모르는 누군가가 싸가지 녀석이 아님은 분명하다. 나나가 고작 아홉 살 소년에게 겁먹고 신신당부했을 리는 없다.

"기억나. 열쇠는 또 있었어. 나나에게."

"그럼 이 집 주인이 원래 그 여자라는 거야? 그냥 폐가에 들어와서 산 게 아니라? 하지만 내가 알기론 여긴 계속 비어 있던 집인데."

녀석이 열쇠를 만지작거렸다. 들어가 보면 많은 게 기억날 것 같다. 하지만 그렇게 되는 게 두렵다. 내가 알고 싶지 않은 것까지 알아 버릴까 봐 무섭다. 파란 대문을 밀고 들어가 마당에 서는 순간, 나는 그 여자애를 만나게 될 것이다. 잠긴 집에서 나나를 기다리던 그 애를.

"연다."

녀석이 천천히 열쇠를 돌렸다. 철컥. 내 속에서도 철컥 소리가 났다. 문이 열렸다. 녀석이 비키며 문을 밀 기회는 나에게 양보했다. 대문이 차가웠다. 끼이익. 열리고 있었다. 지금 나는 열고 있었다. 다른 사람도 아닌 내가 드디어 8년 만에

이 문을 연다.

나나!

아홉 살 여자애가 고개를 돌리며 외쳤다. 그 애는 다름 아닌 나였다. 나는 주저하다가 발을 내딛었다. 대문 안으로. 집 안으로 들어가야 한다.

나나, 왜 이제 왔어?

달려오는 나를, 내가 껴안았다. 물밀듯이 기억이 되살아나기 시작했다. 내가 이 집에 가둬 놨던 기억이, 최면을 해 주던 아저씨가 가두라고 했던 기억이 자유를 찾고 내 머릿속에 제자리를 찾아 들어갔다.

눈앞이 뿌옇게 되었다. 머리가 핑 돌았다. 온몸의 살이 저릿저릿하더니 작은 알갱이가 되어 바람으로 흩어졌다.

"야! 왜 그래?"

녀석이 외치는 소리가 들려왔지만, 나는 녀석이 보이지 않았다. 그대로 주저앉았고, 녀석이 비명을 질렀다.

17

아홉 살

내 이름은 신은요다. 아홉 살. 반에서는 부반장이고 미술을 좋아한다. 할머니 집에 엄마랑 며칠씩 놀러 온 적은 있지만 방학 내내 지내기로 한 건 처음이다. 할머니 집은 자연 관찰 숙제 같은 걸 하기에 참 좋다. 방아깨비도 있고 매미도 많다. 그렇지만 컴퓨터도 없고 텔레비전에서는 내가 좋아하는 만화 채널도 안 나온다. 그래도 다행인 건 이번에는 사촌 동생 미루가 함께 있다는 점이다. 작은아빠는 무섭지만 미루는 좋다. 미루와 나는 둘 다 외둥이라서 그런지 친남매 같다. 가끔 귀찮을 때도 있지만, 한 살 어린 미루가 진짜 남동생이면 얼마나 좋을까 생각한 적도 많다.

그날은 이곳에 온 지 얼마 안 된 날이었다. 날이 궂어서 작은아빠가 밖에 못 나가게 했다. 자기 아빠 말을 잘 듣는 미루는 집에 얌전히 앉아 책을 읽었다. 하지만 나는 심심해서 참을 수 없었다. 아침에 옆집 남자애가 놀러 와서 밥을 얻어먹다가 한 말이 머릿속에 맴돌아 가만히 있을 수가 없었다.

"산속에 귀신이 산대. 우리 오늘 몰려가서 해치울 거야."

귀신이 무섭기는 하지만, 모두 우르르 가면 하나도 안 무서울 거 같았다. 오히려 재미있을 것 같아 보였다. 귀신이 없으면 좋고, 만약 진짜 귀신이 있다고 해도 마을과 할머니 집을 위해서 해치우면 칭찬받을 것 같았다. 나는 금방이라도 영웅이 되는 것처럼 기분이 좋았다.

마침내 작은아빠가 외출했다. 나는 애들을 따라 나가려 했다. 그런데 미루가 문제였다. 미루는 겁쟁이였다.

"아빠가 오늘 나가지 말라고 했잖아! 누나, 집에서 놀자."

"싫어. 난 나갔다 올 거야. 너 혼자 집에 있어."

나는 간신히 미루를 뿌리치고 밖으로 내달렸다. 산까지는 뛰면 금방이었다. 그런데 뒤에서 날 부르는 소리가 났다. 갈림길까지 미루가 따라왔다.

"누나, 누나, 그럼 나도 데려가. 혼자 있기 싫단 말이야."

"안 돼."

불같이 화를 낼 작은아빠가 눈에 아른거렸다. 작은아빠는 외아들인 미루를 끔찍하게 생각했다. 나는 몰라도 미루까지 산에 간 걸 알면 무슨 일이 일어날지 몰랐다. 금방이라도 비가 뚝뚝 떨어질 것처럼 궂은 날씨도 미루를 데려가면 안 된다고 말하고 있었다.

"안 돼. 넌 오지 마."

"같이 갈래."

나는 산 중턱에서부터 일부러 더 힘차게 내달렸다. 몸이 약한 미루가 헉헉대다가 금세 사라졌다. 다행히 잘 따돌렸다.

산에만 오르면 동네 애들을 다 만날 줄 알았다. 그런데 아무리 산을 뒤지고 다녀도 애들이 안 보였다. 결국 처음 산에 혼자 온 나는 길을 잃고 말았다. 길을 잃었다는 걸 안 순간, 기다렸다는 듯이 굵은 비가 쏟아지기 시작했다. 순식간에 주위가 어두워졌고 나는 흠뻑 젖었다.

"얘들아! 얘들아! 누구 없어요?"

우릉우릉 잔뜩 벼른 것 같은 천둥소리만 되돌아왔다. 어둠 속에서 번쩍번쩍 번개가 쳤다. 금세 밤같이 깜깜해졌다. 나무는 귀신으로 보이고 어디가 어디인지 분간하기 힘들 정도로 비가 많이 왔다.

"살려 주세요. 도와주세요!"

한참 소리치다 보니 목도 아프고 지쳤다. 커다란 나무 밑으로 가서 비를 피하고 싶었지만, 번개가 내리칠 것 같다는 생각이 들었다. 그래서 이러지도 저러지도 못하고 물에 개여 진 흙이 다 된 땅에 몸을 웅크렸다.

"아가, 아가 괜찮니?"

어떤 여자가 나를 안아 올렸다. 머리가 길고 예쁜 여자였다. 하늘나라 공주가 내려와 나를 도와주는 것은 아닐까 생각했다. 머리카락에 가려진 얼굴이 드러났다. 내가 문방구에 가서 산 색칠 공부 속 요술공주 나나와 꼭 닮은 예쁜 얼굴이었다.

"나나……."

힘없이 부르며 나나에게 안겼다. 나나는 나를 자기 집에 데려가 물을 데워 씻기고 따뜻한 인스턴트커피를 타 주었다. 집에 있는 차가 그것밖에 없다면서 말이다. 내가 커피를 마셨다는 걸 알면 엄마는 야단을 칠 터였지만, 다 마셨다. 달았다. 나나와의 첫 만남은 커피처럼 따뜻하고 달콤한 금기 같은 거였다.

"야, 야. 괜찮아?"

녀석이 나를 흔들었다. 나는 할머니 집에 누워 있었다. 더운데 이불까지 곱게 덮고.

"어떻게 된 거야?"

"몰라. 너 또 쓰러졌어. 저번에도 그러더니. 너 무슨 병 있는 거 아니냐?"

녀석 얼굴이 땀범벅이었다. 이불을 덮고 누워 있는 나는 멀쩡한데, 녀석은 더위라도 먹은 것처럼 질려 있었다.

"업고 뛰느라 죽는 줄 알았다. 너 보기보다 무겁더라. 지금 119 부르려고 했는데, 안 불러도 되는 거야? 집에 아무도 없어서 얼마나 당황했는데. 네 엄마는 전화기도 두고 나가시고."

녀석은 무용담을 늘어놓느라 정신이 없었다. 마치 대단한 일이라도 겪은 양 요란을 떨었다. 그런데 이상하게 그 모습이 싫지 않았다. 나를 업고 뛰었다는 것도 마음에 들었다. 꼭 녀석이어서가 아니라 누군가 나를 위해 숨을 헐떡이고 땀범벅이 되도록 뛰었다는 게 좋았다. 산길에서 길을 잃고 나나에게 안길 때 느꼈던 따뜻함이 아직도 몸에 감돌았다. 이 따스함이 녀석 등에서 나와 스며든 것인지 나나 가슴에서 나온 것인지는 확실치 않았다. 어쩌면 둘 다일 것이다.

나는 여전히 상기된 녀석에게 나나를 처음 만난 날에 대해 말해 주었다. 나나가 단순한 동네 미친 여자, 산속 귀신이라고 불린 이상한 여자가 아니라는 걸 설명하고 싶었다. 다행히 녀석은 고개를 끄덕이며 받아들여 주었다. 진짜 나나에 대해 알고 있는 사람이 한 명 더 늘어난 것이 든든했다.

"집에는 못 들어갔지만, 그래도 기억이 조금 나서 다행이다."

"나, 집에 못 들어갔어?"

문을 연 것까지만 기억났다. 발을 내딛었던가?

"못 들어간 거나 다름없지. 겨우 한 발짝 들어가다가 갑자기 쓰러졌으니까. 꼭 집에 방어막이 쳐 있어서 튕기듯이…… 그러니까 SF 영화 같은 데서 보면……."

"나도 그 정도는 알아, 방어막. 그러니까 내가 못 들어가는 것처럼 보였다는 거지?"

녀석이 고개를 끄덕였다. 알 것도 같았다. 그 안에는 어린 내가 갇혀 있다. 그래서 나 스스로 들어가길 거부했는지도 모른다. 방어막을 친 건 오히려 나일 것이다. 아직은 만나서는 안 된다고 내 무의식이 이야기하고 있는 것이다.

굳이 녀석에게 내 생각을 설명하지는 않았다. 말한다고 해결될 일은 없다. 내가 들어갈 준비가 안 되어 있다. 실체가 불분명한 장애물이 내 앞을 가로막고 있다. 꼭 대나무 숲에서 그림자만 보고 개구리를 괴물이라 두려워했던 것처럼, 아직 그 장애물은 아주 높아 넘기 힘겨워 보였다.

"다시 가 볼래."

"어딜?"

"나나의 집에."

"그러지 마. 너 또 쓰러지면……."

"업고 뛰는 거 힘들까 봐? 넌 그냥 같이 가서 내가 혹시 쓰러지면 신고만 해 줘. 그러고 산을 혼자 내려가든가 가만히 기다리든가 마음대로 하면 되잖아."

"그러든가."

의외로 순순히 녀석이 물러났다. 나는 마당 한쪽에 있는 수도꼭지를 틀어 물을 받았다. 세숫대야로 콸콸 떨어지는 물줄기가 시원했다. 세수만으로도 기분이 상쾌해졌다. 이번에는 해낼 수 있을 것 같다.

"이제 가자."

말이 끝나기가 무섭게 녀석이 나를 어깨에 둘러업었다.

"뭐야, 뭐 하는 거야?"

"가만히 있어라. 너 아직 거기 가면 안 돼."

생각보다 힘이 셌다. 녀석의 어깨 위에서 내가 할 수 있는 일은 발버둥을 치는 일뿐이었다. 분명 버거울 텐데도 녀석은 나를 꽉 잡고 내려놓지 않았다. 주머니 속에 있는 전화기가 울려 댔다. 누군가 내 상황도 모르고 줄기차게 전화를 해 왔다.

"이 치한아!"

치한? 말해 놓고 보니까 감각이 되살아났다. 녀석이 아무 생각 없이 담장을 넘게 도와준다며 엉덩이를 밀었을 때, 소스라치게 놀랄 만큼 날카로운 통증이 온몸을 관통했다. 지금 생각해 보니 그건 녀석이 '치한' 같다고 느꼈기 때문이다. 음흉한 의도로 그런 게 아님을 알면서도 그런 기분이 들었다.

더럽고, 징그럽고, 불결한 기분. 상상만으로도 토할 것 같다.

"내려 줘. 내려 달란 말이야!"

"더럽게 말 안 듣네. 너 또 쓰러지면 죽을지도 몰라. 이 멍청아."

녀석은 나를 그대로 둘러업고 안방으로 갔다. 안방에 던져 넣고 밖에서 문을 못 열게 막으려는 게 분명하다.

"싫어! 싫다고!"

내 목소리가 갈라졌다. 말 그대로 목 놓아 외치고 있었다.

"야! 너 뭐야?"

우렁찬 소리가 울렸다. 녀석도 나도 얼음처럼 굳었다. 대문 앞에 작은아빠가 서 있었다. 심장이 덜컥 내려앉았다. 어떻게 안 거지? 작은아빠는 거짓말을 하고 여기 내려와 있는 나 때문인지 아니면 녀석 때문인지 화가 잔뜩 난 얼굴이었다.

"당장 안 내려놔? 너 누구야?"

"아, 예?"

녀석이 할 말을 찾지 못하고 헤맸다. 작은아빠가 꽤나 무서웠는지 얼굴이 하얗게 질렸다. 큰 키에 어울리지 않았다. 다시 아홉 살 어린아이가 된 것 같은 얼굴.

"작은아빠, 얘는 옆집 애야……. 그냥…… 장난치고 놀고 있던 거야."

싫다고 한 말을 분명 들었을 터였다. 치한이라는 말도 들었으면 어쩌나 싶은데, 갑자기 엄마가 대문을 열고 등장했다. 전화기도 놔두고 어딜 그리 바삐 나갔나 했더니 작은아빠 연락을 받고 마중을 갔던 것 같다.

"엄마……."

"서방님, 옆집에 사는 애 맞아요. 그러니까 진정하세요."

그러나 작은아빠는 엄마 말을 듣지 않았다. 성큼성큼 우리 쪽으로 다가왔다. 아직 나를 들고 있던 녀석이 황급히 내려 놨다. 녀석에게 가서 한 방 먹일 줄 알았는데, 작은아빠는 내게로 다가와 눈을 똑바로 보며 물었다.

"신은요. 도대체 넌 왜 여기 있는 거냐?"

내가 한 번도 들어 본 적이 없는, 적어도 아홉 살 이후로는 들어 본 적 없는 목소리였다. 작은아빠는 정말 무지막지하게 화가 나 있었다.

18

또 한 명의 방문자

줄기차게 내 전화를 울린 사람은 미루였다. 더 정확히 말하자면, 작은아빠가 미루의 휴대폰으로 내게 전화를 걸었다. 아무래도 상관없다. 어제 온 미루 전화를 받지 않은 것이 화근이었다. 미루가 예정일을 앞당겨 하루 일찍 출국하면서, 한국에서 쓰던 임대 폰은 작은아빠 손으로 넘어간 것이다.

예약해 둔 문자 메시지를 받은 건 당연히 작은아빠였다.

"작은아빠……."

뭐라고 변명할 수가 없었다. 작은아빠 얼굴이 너무나 참혹했기 때문이다. 뭐라고 한마디로 정의할 수 없는 감정이 느껴졌다. 분노와 흥분, 당혹감과 공포. 믿을 수는 없지만 그 얼굴에는 공포가 어려 있었다. 내가 어떻게 될까 봐 걱정되었을 것이다. 또 걱정을 끼치고 말았다. 그러려고 한 게 아닌데.

"네가 나에게 이럴 줄은 정말 몰랐다."

작은아빠는 연인이 다른 남자와 있는 걸 목격한 남자처럼 배신감에 휩싸여 말했다. 목소리가 덜덜 떨리고 있었다. 엄마는 나에게 다가와 어깨를 감쌌다.

'언제나 엄마는 작은아빠가 아니라 네 편이야.'

엄마가 말을 안 해도 전해졌다. 그러나 곧 엄마가 아빠와 헤어질 생각을 하고 있다는 게 생각났다. 이혼을 하면 작은아빠는 엄마와 안 보고 살아도 되는 사람이 되는 것이다. 그건 내가 작은아빠를 만나지 않게 된다는 뜻이었다.

"저기요. 너무하신 것 아니에요?"

침묵을 깬 건 녀석이었다. 엄마랑 나도 아무 말 못 하고 쩔쩔매는데, 가족도 아니고 단지 이웃인 녀석이 과감히 나선 것이다.

"넌 또 뭐야?"

작은아빠 말투가 거칠었다. 나에게는 늘 다정했기에 낯설고 이상하게만 느껴졌다. 아직도 녀석이 나에게 이상한 짓을 하고 있었다고 오해하는 걸까?

"제가 사실 참견할 일은 아닌데요. 보다 보다 참 어이가 없어서요. 은요가 못 올 데 온 것도 아니고 자기 할머니 집 온 건데 아저씨가 왜 참견인데요?"

"넌 모르면 빠져. 어디서 남의 가족 일에 끼어들어?"

"저도 다 알거든요. 은요도 이제 다 알아요. 봐요. 기억났는데도 멀쩡하잖아요. 모르는 건 아저씨라고요."

"안다고? 기억이…… 났다고?"

작은아빠 얼굴이 더 험악해지는 걸 녀석은 눈치채지 못했다. 녀석은 이상하리만큼 얼굴이 질려 있었다. 처음에는 치한으로 오해받아 당황했던 것 같지만, 지금은 당당한 척 말을 하면서도 두 주먹을 불끈 쥐고 있었다. 작은아빠는 나에게 눈길을 돌려 무언가 캐내려는 듯 뚫어져라 봤다.

"은요야, 정말 기억이 났어?"

"아냐. 아직도 거의 안 나요. 그리고 작은아빠, 나 아무렇지도 않아요."

나도 모르게 손사래까지 쳤다. 작은아빠가 더 화를 내는 걸 바라지 않았기 때문이다. 다행히 평소랑 똑같은 내 모습에 작은아빠는 좀 안심한 것 같았다. 조금 주춤하긴 했지만 내 어깨를 토닥여 주었다.

"괜찮지?"

괜찮지 않다. 자꾸 기분이 이상해진다. 까맣게 잊고 있던 중요한 기억이 떠오를 것만 같다. 눈앞에 아른거리지만 아무리 눈을 가늘게 떠도 볼 수 없어서 답답하다. 그러나 조금만 더 노력하면 볼 수 있을 것 같다. 조금만 더.

간신히 진정한 작은아빠는 부엌으로 가 물을 벌컥벌컥 마셨다. 나는 녀석이 또 쓸데없는 말을 할까 봐 밖으로 끌고 나왔다. 오늘 나나의 집에 다시 가는 것은 욕심내지 않기로 했다. 그러나 작은아빠에게서 녀석을 최대한 멀리 떼어 놓고 싶었다.

우리는 낡은 책이 가득한 녀석 방으로 갔다. 녀석이 대청마루에 앉아 씩씩대면서 검둥이 머리를 쓰다듬었다. 늘 사나운 줄 알았던 검둥이가 가만히 머리를 맡기고 있었다. 순식간에 평화로운 풍경이 연출되었다. 녀석이 마음을 가라앉히는 게 보였다. 나는 아무 책이나 펼쳤다. 하지만 불안함은 여전했다. 작은아빠가 온 이상 서울로 되돌아가야 한다는 것은 자명한 사실이다. 얼마나 버티는가가 관건이다.

얄궂게도 엄마의 이혼이 달갑게 느껴졌다. 작은아빠가 나에 대한 권리를 덜 행사할 것이다. 아무리 작은아빠라도 입에서 안 된다는 말이 나온다면 나는 참기 힘들 것이다. 내 자유를 침해당하기 싫다. 작은아빠를 친아빠보다 좋아하지만, 지금은 과연 내 마음이 진심인지 의구심이 든다. 무심한 아빠의 빈자리를 채우려고 무작정 따랐던 것 아닐까. 나는 정말 간사하다. 과거를 마주하는 일을 방해하려는 작은아빠가 장애물처럼 여겨질 뿐이다.

은요 – 나 서울로 돌아가야 해. 그런데 돌아가기 싫어. 아직 알아야 할 게 남은 것 같거든. 그것도 아주 중요한 일이. 결국 가게 될 것 같지만.

여태까지 작은아빠 말에 반항한 적은 한 번도 없었다. 나는 어릴 때부터 그렇게 길들여진 아이였다. 치료 때문이라고는 하지만, 지금 와서 생각하면 내 잘못도 컸다. 내가 스스로 결정하려 한 것은 하나도 없었다. 늘 엄마와 작은아빠에게 휘둘렸다. 그게 옳다고 여겼다.

이번에 이곳에 오겠다고 결정한 것이 유일하게 내가 한 선택이었다.

"결국 저 아저씨 따라갈 거지?"

녀석이 나는 보지도 않고 물었다. 나는 고개를 끄덕였다. 싫어도 어쩔 수 없이 그렇게 될 것 같았다.

"은요야, 신은요! 어디 갔어? 빨리 짐 싸야지."

작은아빠가 나를 찾는 소리가 들렸다. 반사적으로 대답하려 했다. 그런데 내 휴대폰이 그보다 빨랐다. 설마, 답장일까? 나는 대답 대신 메시지를 확인했다.

민세 - 네가 오고 싶지 않으면 그렇게 해야 해. 너 자신을 믿어.

민세였다. 하마터면 소리를 지를 뻔했다. 이곳에 온 뒤 처음으로 민세가 답장을 해 주었다.

"신은요!"

다시 작은아빠 목소리가 들려왔지만, 이미 나는 마음이 바뀌었다. 민세가 보낸 문자를 되뇌어 보았다.

자신을 믿어.

믿는다. 이제부터는. 민세가 확실하게 내 마음을 정리해 주었다.

문을 박차고 나갔다. 등 뒤에서 녀석이 깜짝 놀라서 보는 게 느껴졌다. 대문 밖에는 작은아빠가 서 있었다. 역시 내 서슬에 놀란 얼굴이다. 나는 할 수 있고, 해야 한다. 민세의 메시지를 떠올리며 입을 뗐다.

"작은아빠, 나 안 가요."

"뭐라고?"

놀라는 게 당연하다. 내 입에서 자신을 거역하는 말이 나올 줄은 몰랐을 것이다.

"나 안 간다고요. 여기 좀 더 있다가 갈 거예요."

"너 그게 말이 된다고 생각해? 어서 짐 싸!"

"작은아빠가 아빠는 아니잖아요! 내 맘대로 할 거예요!"

한 번 말하고 나니까 어렵지 않았다. 작은아빠 얼굴이 굳어 가는 걸 봐도 아무렇지도 않았다. 놀랍게도 엄마 얼굴에 묘한 웃음이 떠올랐다. 지원군이 하나 더 있다는 걸 알자, 힘이 났다. 작은아빠가 더 강하게 나오면 어찌해야 할지 마음을 다 잡고 있는데, 뜻밖에도 작은아빠가 한숨을 내쉬었다.

됐다. 한 발 물러선 것이다.

"작은아빠, 그럼 서울 잘 올라가요. 미안해요……."

"아냐. 그럼 나도 여기 같이 있을게. 형수님, 형수님은 가셔도 됩니다. 제가 은요랑 있겠습니다."

"예?"

불똥이 엄마에게 튄 격이다. 엄마는 어떻게 할까 묻는 표정으로 나를 봤다. 나는 엄마를 곤란하게 하고 싶지 않다. 아빠 문제만으로도 복잡할 엄마를 작은아빠와 대립하게 하는 건 잔인한 일 같다. 작은아빠가 이만큼이나 물러섰는데, 남은 고집을 꺾는 게 쉬운 일은 아닐 것이다.

"엄마는 가. 우리는 남을 테니까."

녀석이 자기 집 담벼락에 기대 우리를 관찰하며 서 있는 게 보였다. 미루가 없다 뿐이지 예전과 똑같다. 여름 방학 동안 할머니 집에 머무는 작은아빠와 나. 훌쩍 커 버렸지만, 아홉 살로 되돌아간 느낌이다.

산길을 헤매다가 나나를 만나고, 그 뒤로 나나의 집을 들락거리며 놀았던 나. 아홉 살, 신은요. 미술을 좋아하고 부반장이었던 은요.

지금이라도 그 집에 가면 나나가 나를 반겨 줄 것만 같다.

아가, 왔니? 우리 커피 마실까?

한시라도 빨리 그 집으로 돌아가고 싶다.

모든 것은 처음으로 되돌아갔다. 이제부터 시작이다. 아직도 나는 아홉 살 때처럼 어른들 눈을 피해서 산에 올라야 하고, 녀석은 길잡이가 되어 줄 것이다. 없는 것은 나나뿐이다. 지금 나나가 없는 이유를 알아내야 한다.

19

나나의 숨겨진 방

녀석은 꽤나 작은아빠를 경계했다. 가끔 혐오스러운 눈빛으로 본다는 생각까지 들었다. 낮에 내내 내 옆에 붙어 있는 작은아빠 때문에 우리는 아무것도 할 수 없었다. 그게 불만인 듯 녀석은 할머니가 불러도 우리 집에 오지 않았다. 그러더니 일을 저지르고 말았다. 어둑새벽에 할머니가 나가자마자 우리 집에 숨어들어 온 것이다.

한참 자고 있는 나를 깨웠을 때는 기절할 뻔했다. 도둑이라도 든 줄 알았다. 작은아빠가 기척을 듣고 깼다면 도둑으로 몰리다 못해 낮에 나에게 한 일까지 의심받았을 것이다.

"너 미쳤어?"

나는 숨죽여 대문을 빠져나와 소리쳤다. 잘 때 입는 반바지에 티셔츠 차림으로 끌려 나온 게 억울하기도 했다.

"쉿!"

녀석은 자전거를 대령해 두었다. 나는 후줄근한 옷차림 그대로 고물 자전거에 올라야 했다. 그것도 연방 터져 나오는 하품을 참아 가면서.

햇빛 하나 없는 푸르스름함을 머금은 새벽바람이 차가웠다. 녀석 허리춤을 살짝 잡자 온기가 느껴졌다.

"갑니다."

자전거가 갑자기 슝 출발했다. 그 바람에 엉덩이가 살짝 들렸다가 내려앉았다. 녀석은 내가 할머니보다 무겁다는 말을 잊지 않고 해 주었다.

순식간에 갈림길까지 갔다. 갈림길 한쪽에 안 보이게 자전거를 눕혀 두고 길을 올랐다. 산길은 폭이 좁기도 하고 가파르기 때문에 걸어갈 수밖에 없었다. 이번에도 녀석이 앞장섰다. 조용한 새벽 공기를 망치기 싫다는 듯 둘 다 고집스레 입을 다물고 걸었다.

몇 번 비슷한 나무가 나오고 나서야 목적지에 다다랐다. 녀석은 나나의 집 대문을 여는 걸 또 나에게 양보했다. 나에게만 주인 없는 집을 열 자격이 있다는 듯이.

대문은 잠겨 있지 않았다. 어제 정신 잃은 나를 업고 뛰느라 녀석이 미처 잠그지 못한 것이다. 팔에 힘을 줘서 밀기만 하면 되었다. 여기까지 다시 온 게 엄청나게 먼 과거처럼 느껴졌다.

끼이익.

문이 열렸다. 가둬 두었던 내 기억에 비로소 자유를 찾아 줄 수 있게 되었다.

"나나!"

나는 언제나 나나를 부르며 뛰어 들어갔다. 나나가 있을 때도 있었고 없을 때도 있었다. 보통은 미루를 따돌리고 뛰어온 터라 숨이 가빴다. 나나는 나만의 비밀 친구였다. 동네 애들이 귀신이다 미친 여자다 놀려도 나만은 본모습을 알았고 공유하기 싫었다. 모두와 친해질까 봐 겁이 났다. 나나는 나만 아는 보물이었으니까.

나나와 나는 많은 걸 함께했다. 고무줄놀이를 가르쳐 준 것도 나나였고, 공기놀이도, 사방치기도 나나가 가르쳐 주었다. 나나는 나랑 비슷한 나이의 딸이 있다고 했는데 한 번도 본적은 없었다.

"나나 딸이 와서 같이 하면 좋을 텐데."

"우리 아기는 어디 멀리, 아주 멀리 있어."

나나는 쓸쓸하게 대답했다. 너무 슬퍼 보여서 더 물을 수가 없었다. 내가 더 캐물으면 눈물을 뚝뚝 흘릴 것만 같았다.

한편으로는 딸이 못 와서 다행이라는 생각도 했다. 나나랑 나나 딸이 더 친해서 나를 따돌리면 질투가 날 것 같았다.

나나는 볕이 좋은 날이면 마당 한쪽 구석에 있는 의자에 앉아 십자수 따위를 했다. 그 옆에는 꼭 아주 낡아 바스라질 것만 같은 책 한 권을 놓아두었다. 창문이 없는 작은 방, 헌책방 같은 그 방에서 고른 낡은 책을 읽고 있었다.

"기억이 좀 나?"

녀석이 내 어깨를 툭 쳤다. 마당에서 재생되던 기억이 일시정지되었다. 아직도 코끝에서 낡은 책 냄새가 맴돌았다.

"나와 늘 같이 놀았어. 여기서."

"나나라고 부르는 그 여자가?"

"응. 우리는 진짜 친구였어."

말을 하는데 목이 메어 왔다. 한 번도 이런 적이 없었다. 기억이 돌아오면서 잊었던 감정도 살아난 것 같다. 여태까지의 나는 로봇 같았다. 재정비되고 입력된 기억만을 가지고 살아온 나. 이곳에서의 아홉 살 기억도 나를 이루는 한 요소라는 것을 너무 늦게 깨달았다.

"집에 들어가 보자."

집 안으로 들어가는 문도 열려 있었다. 녀석이 집 안에 들어서자마자 작은 소리로 말했다.

"잠깐, 나도 해 줄 말이 있어."

어두운 나무 색 마룻바닥을 보는 순간 그리운 냄새가 훅 났다. 아홉 살 여자애가 여기 엎드려서 색칠 공부를 하는 모습이 스쳐 지나갔다. 차가운 바닥에 배를 깔고 있노라면 나나가 안방으로 들어와서 하라고 손짓하기도 했다.

안방은 방금 주인이 이부자리를 떠난 양 사람이 빠져나간 이불 모양새 그대로였다. 나나와 여기서 낮잠을 잘 때도 있었다.

나는 나나 손을 꼭 붙잡고 잤다. 나나는 나를 자기 딸이랑 착각한 적이 많았다. 나도 나나랑 있으면 가끔 엄마 생각이 났다. 우리 엄마도 나나처럼 낮잠을 같이 자 주었으면 했다. 엄마는 늘 나에게 관심이 없었다. 엄마가 친엄마가 아닐지도 모른다는 생각도 했다. 사실은 우리 엄마가 아니라 나나가 친엄마라는 상상도 해 보았다.

그리고 부엌.

나나는 요리 솜씨가 좋았다. 종종 감자전을 해 주곤 했다. 맵지 않게 만든 시원한 비빔국수도 별미였다. 나나가 해 주는 투박한 음식. 원래 서울에서는 좋아하지 않던 음식들인데, 이상하게 나나가 해 주면 맛있었다. 집 안에서 아직도 감자전 냄새가 나는 것 같았다. 지글지글 소리와 함께 나나 목소리가 들려왔다.

"맛있니? 배고팠구나? 아가, 많이 먹어."

"맛있어, 나나."

나나가 나를 아가라고 부를 때는 자기 딸과 착각할 때였다. 그래도 좋았다. 나는 나나의 진짜 딸이 되고 싶었으니까.

그런데 정작 그 방이 없다.

"너 내 말 듣는 거냐? 나 할 말 있다니까?"

"그 방은?"

"아, 골 때리네. 정말 내 말은 하나도 안 듣고 있었잖아? 무슨 방? 다락방 말하는 거야?"

다락이라면 낡은 책들을 쌓아 둘 만했다. 얼른 복층 구조로 된 다락에 올라가 봤지만, 그곳은 내 기억과 사뭇 달랐다. 빽빽하게 물건이 들어차 있고 오래된 먼지가 가득하지만, 책은 없다. 무엇보다 천장이 낮다. 내가 찾는 방은 천장이 낮지 않고 폭이 좁다. 그리고 작은 창문조차 없다.

"방 또 없어? 찾아봐. 아주 좁고 작은 방이야. 창문도 없고."

"없는 것 같은데?"

아무리 봐도 작은 집 안에는 방이 또 없었다. 그런데 밖에서 갑자기 무슨 소리가 들렸다. 대문이 열리는 소리.

"이게 무슨 소리야?"

서둘러 창밖을 내다보니 작은아빠였다. 작은아빠가 대문을 열었다가 닫았다가 하면서 고개를 갸우뚱하고 있었다. 내 뒤를 밟은 것일까? 사라진 나를 찾으러 산에 올라온 걸까?

내가 집 안에 있을 줄 알고 왔을 리 없다. 나나의 집을 드나 든다는 건 아무도 몰랐으니까. 아마 8년 전처럼 유괴범에게 서 나를 찾았다는 근처에 왔다가 집을 발견했을 것이다. 그 때 잡히지 않은 유괴범의 행방을 떠올리다 여기까지 왔겠지.

나는 지레 겁을 먹지 않기로 했다.

"우리 숨자."

녀석의 팔을 잡고 다락으로 올라갔다. 다락은 먼지 구덩이 였다. 작은 창으로 아직 마당을 서성이는 작은아빠가 보였다. 밖은 환하고 다락 안은 어두워서 밖에서 들여다보일 걱정은 없다. 여기까지 올라오지 않는 한 안전하다.

작은아빠는 마당 안쪽으로 선뜻 들어서지 않고 계속 대문 주위를 둘러봤다. 문이 왜 열려 있나 의심하는 듯했다. 집 안 으로 들어오는 문을 닫고 들어오길 잘했다. 열려 있는 것을 보면 들어와 보지 않고는 못 배길 것이다. 다행히 작은아빠 는 중간중간 잡초만 무성한 화단과 나무를 어루만지며 생각 에 잠기기만 했다. 8년 전 그날을 떠올리고 있는 것 같아서 기분이 이상했다.

"그, 그냥 가겠지?"

녀석이 걱정스러운 얼굴로 중얼거리듯 말했다. 목소리가 떨렸다. 작은 창문을 함께 내다보느라 가까이 붙어 있어서 내

볼에 녀석 입김이 와 닿았다. 문득 둘만 좁은 공간에 있는 것을 작은아빠에게 들키는 것이 더 위험할지도 모른다는 생각이 들었다. 그걸 녀석도 떠올린 걸까. 갑자기 녀석 어깨가 부들부들 떨리는 것처럼 느껴졌다.

마침내 작은아빠는 집과 마당을 둘러보다가 천천히 대문을 닫고 나갔다.

"갔다. 이제 좀 떨어져 줄래?"

내 말에 녀석이 화들짝 놀라며 뒤로 물러섰다. 뒤늦게 녀석 얼굴이 새빨갛게 달아올랐다.

"아이 씨, 더럽게 덥네."

녀석이 서둘러 다락에서 내려갔다. 나는 잠시 다락에 혼자 머물렀다. 이 집이 그립기도 했지만, 나나가 없다는 이유로 두렵기도 했다. 여기서 있던 일들이 모조리 기억나는 것은 아니다. 그러나 낡은 책 창고에 갇혀 있던 기억은 소름 돋게 무서웠다. 과거를 만나는 일은 그만큼 큰일이었다. 그러나 나는 이제 안다. 나나의 집은 현실과 공존하는 공간이 될 수 있다. 방금 녀석과의 일만 떠올려도 나중에 웃으며 얘기할 만한 추억이 될 것이다.

"안 내려와?"

녀석이 민망한 듯 소리를 질렀다. 웃긴 녀석.

갑자기 이 집이 더 정겹게 느껴졌다. 어쩌면 과거보다 현재의 내가 더 진짜 나에 가까울지도 모른다. 기억이 온전히 돌아온다면, 과거가 더 중요하게 여겨질까?

그 방.

내 기억 속에 똑똑히 남아 있는 그 방이 나나의 집의 일부가 아니라면? 그렇다면 다른 곳, 어디지? 결국 나나는 나를 꺼내 주었을까? 그런데 왜 이렇게 뒤숭숭할까?

감옥 같아.

답답해.

나나, 여기서 나가게 해 줘. 나갈래.

기억 속 내 목소리는 나나에게 애원하고 있었다. 꼭 나를 가둔 사람이 나나인 것 같은 대사다.

설마, 아닐 것이다. 나나는 내 친구였다. 나를 가두었다고 해도 숨바꼭질 비슷한 놀이였을 것이다. 하지만 그 방은 분명히 어둡고 답답하고 좁아서 감옥 같았다. 눈을 감고 그 당시를 떠올려 보려 했다.

어둡다. 책 냄새. 낡은 종이 냄새.

무서워.

나가야 해.

나갈래.

배신감.

어떻게 이럴 수가 있어.

나는 배신당했다.

어둠 속에 웅크린 아홉 살 신은요가 스스로 입을 막고 기이하게 울부짖었다.

나나! 나나!

20

유괴범

"왜 그래? 무슨 일이야?"

녀석이 뛰어 올라왔다. 나는 더러운 바닥에 웅크리고 나나를 부르고 있었다. 나나 대신 녀석의 목을 끌어안았다. 현실로 돌아와서 다행이다. 과거 속 나는 참을 수 없을 만큼 공포에 질려 있었다.

"또…… 뭐가 기억난 거냐?"

딱히 구체적인 기억이 떠오른 것은 아니었다. 아직도 안개속을 헤매는 것처럼 갈피를 잡을 수 없었다. 그러나 당시 감정만은 생생했다. 단순한 숨바꼭질이나 장난이라고 하기에는 너무도 간절히 나가고 싶었다. 나나를 부르는 내 목소리에 배신감과 절망이 엉켜 있었다.

왜 나는 입을 틀어막고 있었을까?

녀석은 내가 더는 기억을 떠올리지 않는 게 좋다고 여겼는지 내 등을 떠밀었다. 겨우 들어온 나나의 집을 나가는 게 못내 아쉬웠다.

"벌써 갔다가 작은아빠랑 마주치면 어떻게 해?"

"그렇게 안 되게 해 줄게."

녀석은 작은아빠가 갔을 동선을 피해 멀리 돌아 산길을 안내했다. 어릴 때부터 살아서인지 산길에도 빠삭했다. 훌륭한 길잡이다. 아무 생각 없이 따라가기만 해도 목적지에 다다르리라는 믿음으로 마음이 차분해졌다.

"이제 좀 괜찮아졌지? 내 얘기 이제 해도 될까?"

그러고 보니 아까부터 녀석은 무슨 말인가 하려고 했다. 나나의 집에 오면 들어야 할 말이 있기는 했다. 내가 찾는 기억만 신경 쓰느라 잊고 있었다.

"피. 나나가 머리에서 피를 흘리고 있었어. 저 집 마당에 쓰러져서."

심장이 쿵 내려앉았다. 역시 그랬구나. 그런데 왜? 앞뒤가 맞지 않았다. 나나는 나를 가두었다. 저 집에는 없는 공간 안에. 그리고 나를 납치한 유괴범은 젊은 남자다. 왜 하필 나나는 다른 곳도 아닌 자기가 살던 집 마당에 쓰러져 있었을까. 아무것도 맞지 않는다. 누군가 거짓말을 하거나 아니면 기억이 잘못된 것이다. 차라리 유괴범이 여자였다면 앞뒤가 맞았을 것이다. 믿을 수 없고 믿기 힘들지만, 나나가 유괴범이라면 말이 되니까. 내가 갇혀서 느낀 배신감이 논리를 뒷받침해 준다. 분명히 그 당시 나는 슬펐고 배신감을 느꼈다.

일이 더 꼬여 수수께끼가 된 느낌이다. 할 수만 있다면 과거로 돌아가 모든 걸 알고 싶다.

"나나가 많이 다쳤던 거야? 신고는 했어?"

"아니. 정신없이 산을 내려가다가 내가 잘못 본 걸지도 모르고, 여자가 죽었는지 안 죽었는지도 모르니까, 확인해 봐야겠다는 생각이 들었어. 무서운 걸 참고 다시 가 봤더니 그 여자가 없었어. 그래서 괜찮은가 했지. 아니, 괜찮을 거라고 믿으려고 노력했지."

"뭐라고? 그래서 신고를 안 했단 말이야?"

녀석이 깊은 한숨을 내쉬었다. 나도 이해한다. 겨우 아홉 살이었다. 차라리 잘못 본 거라고 믿고 싶었을 것이다. 게다가 쓰러져 있던 나나가 잠깐 사이에 사라졌으니까 괜찮다고 생각했을 것이다.

"그날은 그냥 넘어갔는데, 다음 날부터 동네 미친년, 아니 나나가 사라졌어. 애들은 나나가 다른 동네로 갔다고도 하고 처음에 살던 곳으로 돌아갔다고도 했지만, 나는 계속 찜찜했어. 다쳐서 병원에 입원한 걸까 싶어서 기다렸지만, 1년이 지나도 소식이 없었지."

1년이 2년이 되고 3년이 되고……, 8년이 되었다. 녀석이 이곳에 살기를 고집 부린 이유였다. 차라리 잘못 본 거라고, 꿈 같은 거라고 생각할 무렵 내가 나타난 것이다.

"그런데 넌 어쩌다가 그 장면을 보게 된 거야? 아지트를 빼앗긴 뒤로는 안 갔다며."

"누가 그 집으로 가길래 따라갔어……."

"누구를 따라가? 나나?"

"아니."

녀석은 무슨 말인가 하려다가 또 입을 다물어 버렸다. 가뜩이나 답답한데 녀석까지 말썽이었다. 나는 얼굴을 잔뜩 찌푸렸지만, 녀석은 끝내 입을 열지 않았다. 나중에, 나중에 말해 줄게. 변명을 늘어놓으며 또 미루기만 했다.

우리는 갈림길에서부터 따로 행동하기로 했다. 나는 마치 집 앞을 산책하고 온 것처럼 자연스럽게 할머니 집에 들어섰다. 작은아빠가 벌써 돌아와 대청마루에 앉아 있었다.

"어디 갔다가 왔니?"

의심이 묻어나는 말투였다.

"운동 삼아서 동네 산책요."

미리 속으로 몇 번씩 연습해 둔 대답을 자연스러운 억양으로 내뱉었다. 아직도 몸이 뻐근하다는 듯 기지개도 켰다.

"그런데 작은아빠, 나 그거 물어봐도 돼요?"

"뭘?"

나는 짐짓 별거 아니라고 여긴다는 듯이 장난스런 표정을 지었다. 단서를 알아낼 수만 있다면 이제 거짓말 정도야 할 수 있었다.

"나 어디서 납치된 거예요? 산이랬나?"

내 얼굴을 흘낏 보고 작은아빠는 대답했다.

"산."

"유괴범은 어떻게 생겼어요?"

"왜 그런 걸 물어? 뭔가 조금이라도 기억이 난 거니?"

"그냥, 꺼림칙하기도 하고 그래서 어딘지 알면 그쪽에는 안 가려고요. 기억나면 어떡해. 이제 떠올리기도 싫어요."

도리어 기억나는 게 달갑지 않은 척 말했다. 작은아빠가 원하는 나로 돌아간 척해야 방해하려 들지 않을 것이다. 전에는 거짓말을 하면 티가 났는데 이제는 떨리지 않았다.

"잘 생각했다. 산에는 가지 마. 가 봤자, 좋을 것 없지. 그럼 며칠 쉬다가 서울로 올라가는 거지?"

다시 작고 여린 소녀로 돌아간 나를 작은아빠는 만족스럽게 바라보았다. 호기심과 반항심으로 남겠다고 주장했지만, 결국은 자기 뜻을 따를 수밖에 없는 겁 많은 소녀라는 걸 흡족하게 여기는 듯했다.

내가 이미 달라져 버린 것을 안다면 모든 어른들이 기를 쓰고 막으려고 들 것이다. 왜? 내가 다시 위험해질까 봐? 혹시 내가 알아서는 안 되는 게 있는 걸까? 그렇다면 무엇을?

 늦은 오후까지 얌전히 집 안에서 책을 읽었다. 작은아빠도 외출하지 않고 집 안에만 있었다. 고향에 온 김에 편히 쉰다는 명목이었지만, 작은아빠의 시선은 갑갑할 정도로 나를 따라다녔다. 내가 작은 기척이라도 내면 작은아빠가 고개를 돌리는 걸 느낄 수 있었다.

 할머니가 논일을 마치고 돌아오자, 작은아빠는 담배를 피우겠다며 대문 밖으로 나갔다. 종일 갑갑했던 것이 나만은 아니었던 것이다. 나는 책에서 눈을 떼지 않았다. 재미있어서 못 참겠다는 듯이. 작은아빠는 소리 없이 대문을 열었다.

 이번에는 내가 감시자가 되었다. 곁눈질로 다 지켜보았다. 작은아빠는 마당 한쪽에 아무렇게나 놓인 자루에 삽을 담아 들고 밖으로 나갔다. 아무리 생각해도 담배를 피울 때 필요한 물건으로는 보이지 않았다.

 잠시 뒤 들어온 작은아빠 손에는 자루와 삽이 없었다. 아무리 어머니 집이지만 주인에게 말도 안 하고 물건을 가지고 나가다니 이상한 일이었다. 처음에는 조용히 행동한 게 나 때문이라고 생각했지만, 그 대상에 할머니도 포함되었다는 느낌이 들었다. 할머니 모르게 자루와 삽을 챙긴 것이다.

이른 저녁밥을 먹고 나자, 다시 작은아빠는 담배를 들고 밖으로 나갔다. 해가 길어서 이제야 해가 기울기 시작했고, 땅 그림자가 길어져 갔다. 나는 100미터쯤 간격을 두고 따라나섰다. 작은아빠는 산 쪽으로 걷고 있었다. 손에 자루를 들고 있었다.

"야, 장우진."

녀석을 데려가려고 옆집 대문을 밀었지만, 목소리가 도로 기어들어 갔다. 집 앞에 주차된 검은 세단이 나를 말렸다. 열린 대문으로 녀석과 부모가 보였다.

"이제 그만 떠나자. 좋은 데 가서 살 능력이 되는데, 왜 이렇게 살아?"

"난…… 여기 있어야 해요."

"그게 계속 무슨 소리니? 우리가 누구 때문에 죽기 살기로 돈 벌었는데? 도시로 가든 해외로 유학을 가든 해."

"여기서 해결해야 할 문제가 있단 말이에요."

"네가 여기서 뭘 한단 말이야? 여태까지 네 고집 때문에 참아 줬지만, 더는 안 돼. 아빠 직장도 도시로 발령이 났고."

녀석은 고집스럽게 입을 앙다물었다. 오랫동안 이곳에 자신을 가둬 둔 사람이 나만은 아니었던 것이다. 녀석의 8년도 낡은 사진 속에 멈춰 있었다. 우리는 만나야 할 사람들이었다. 8년 전 일 때문이 삶이 달라진 사람이 혼자만이 아니라는 걸 알기 위해 그래야만 했다.

이제 작은아빠는 멀리 점처럼 보였다. 뛰어 들어가 우진이 녀석을 데리고 나올 수도 없었다. 어쩌면 잘 해결될 일을 내가 끼어들어 망치고 싶지 않았다. 나는 아주 잠깐 기다려 보기로 했다. 언제나 녀석은 대답이 느렸다. 녀석과 부모 사이에 흐르는 기운이 조금 부드러워지면 녀석을 불러낼 수 있을 터였다.

은요 - 민세야, 고마워. 나 점점 더 용기가 나.

오랜만에 민세에게 메시지를 보냈다. 우진이 녀석은 여전히 부모를 노려보고 있었다. 이제 더 기다릴 수 없었다. 나중에 녀석을 불러내기로 하고 나는 점을 놓칠 세라 달렸다.

작은아빠는 산으로 가는 길목 나무 밑에서 담배를 피우고 있었다. 담뱃불이 도깨비불처럼 반짝였다. 해는 이미 많이 기울어 하늘에 노란빛이 돌았다. 아마 산에 다녀오려면 서둘러야 할 것이다. 아무리 익숙한 고향 산길이라도 어둠이 내리고 나서는 딴 세상일 테니까.

이상하다. 왜 하필 지금 산에 오르려는 걸까.

푸드덕.

산 너머에서 새 떼가 날아올랐다. 작은아빠는 문득 정신을 차린 듯 담배를 비벼 끄고 길을 재촉했다. 나는 주저 없이 뒤를 따랐다.

과연 작은아빠는 산길을 오르는 데 능숙했다. 망설일 새도 없이 길을 찾아내어 쭉쭉 나아갔다. 우진이가 어린 시절 그랬던 것처럼, 작은아빠 또한 어린 시절 이곳을 누비며 놀았을 것이다.

숨 가쁘게 따라가다 보니 놀랍게도 나나의 집으로 가는 길목이 나왔다. 작은아빠는 이제 막 대문을 들어서고 있었다. 나는 가쁜 숨을 몰아낼 때까지 서 있다가 담장 가까이 다가가 몸을 숨겼다. 부서진 담장 틈으로 안을 들여다봤다. 여기를 왜 온 거지? 저번에 이곳에서 작은아빠를 보았을 때는 이상하지 않았다. 내가 유괴되었던 곳이 이 근처이기 때문에 둘러보다가 집을 발견할 가능성이 충분했다.

작은아빠는 가져온 자루를 마당에 던져두고 삽을 들고 서 있었다. 어째서? 여기에 뭔가를 묻으려고 하나? 하지만 삽과 자루 말고는 아무것도 가져온 것이 없다. 아니면 혹시 묻은 걸 파내기 위해서인가?

그때, 문득 올려다본 하늘에서 발견하고 말았다. 노을이 져 붉게 물든 하늘. 그 아래 나나의 집이 빨갛게 지붕을 드러내고 있었다. 온몸이 얼어붙듯 딱딱하게 굳었다. 한여름인데도 오한이 든 것처럼 추웠다. 노을이 내려 노란 지붕이 빨갛게 보였다. 바로 저거다. 빨간 지붕 집. 내가 빨간 지붕이라고 부르던 이유.

마침내 나는 빨간 지붕을 찾았다.

휴대폰이 말없이 불을 밝히며 민세의 메시지를 전했다.

민세 - 널 응원할게.

동시에 내 머리에도 불이 들어왔다. 이제 빨간 지붕의 나나를 만날 차례였다.

21

돌아오다

돌아왔다.

나는 어느새 빨간 지붕 집 마당에 와 있었다. 아침부터 색칠 공부를 가지고 나나에게 왔다. 나나는 급한 볼일이 있는 듯 나를 집 안으로 들여보내고 자신은 외출 준비를 했다.

"어디 가, 나나?"

"금방 돌아올게."

"알았어."

나는 흔쾌히 허락했다. 나나 없이 빈집에 홀로 있어도 무섭지 않았다. 내가 빨간 지붕 집이라고 이름 붙인 나나의 집은 할머니 집보다 훨씬 재미있었다. 천장이 낮은 다락방도 있고, 잠이 솔솔 오는 안방, 나나가 들어가기만 하면 맛있는 음식이 뚝딱 만들어지는 부엌. 나는 가끔 이 집이 마법의 공간이라고 상상하곤 했다. 평소에는 노란 지붕이지만, 빨간 지붕 집이 되는 순간 신비한 공간으로 변신하는 마법의 성.

무엇보다 이 집에는 나나가 있었다. 내 친구 나나가. 나나는 내가 상상한 성의 공주님 같은 존재였다. 실제로는 머리카락도 부스스하고 얼굴도 꾸미지 않아서 푸석푸석했지만, 내 눈에는 누구보다 아름다운 공주님이었다. 무엇이든지 알고 있고 무엇이든 잘했다.

"손바닥을 이렇게 오므려 모아서, 한 번에!"

나나의 손등에 있던 공기 다섯 알이 공중에서 낚아채였을 때 나는 박수를 쳤다. 아무리 멀리 공기알이 떨어져도 나나는 재빠른 손놀림으로 주워 담을 수 있었다. 잘 놀아 주지 않던 엄마와는 사뭇 달랐다. 엄마는 일을 하느라 바쁘기도 했지만, 아는 놀이가 많지 않았다. 유치원에서 내가 배워 온 놀이를 같이 하자고 하면 조금 해 주다가 짜증을 냈다.

또 나나는 고무줄놀이를 가르쳐 주고, 머리도 예쁘게 묶어 주었다. 우리 엄마는 아프게 당겨서 눈이 쭉 올라갈 정도로 머리를 묶어 주는데, 마음 약한 나나는 그렇게 하지 않았다. 내가 아플까 봐 늘 신경 써 주었다. 나는 나나의 집에 있는 것만으로도 마음이 포근해졌다. 미루에게도 알려 줄 수 없는 나만의 나나였다.

그날따라 나나는 볼일이 길어지는 모양이었다. 나갈 일이 있어도 내가 놀러 오면 서둘러 돌아오곤 했는데, 한낮이 되어도 돌아오지 않았다. 나는 마루에서 그림을 그리다가 마당에 나와 고무줄놀이를 연습했다. 오늘은 새 노래를 배우기로 되어 있었다.

폴짝, 폴짝. 내 발소리만 마당에 울렸다.

끼이익.

"나나! 왜 이제야 와?"

마침내 파란 대문이 열렸다. 나나가 하얗게 질린 얼굴로 뛰어 들어왔다.

"아가, 손님이 올 거야."

"손님?"

"그래, 숨어야 해."

"왜 숨어? 내가 있으면 안 돼? 나 그럼 집에 갔다가 손님 가고 다시 올게."

"그럴 시간이 없어."

나나가 내 손목을 잡아끌었다. 덜컥 겁이 났다. 조금이라도 아플까 봐 신경 써 주던 나나가 거칠게 나를 잡아끌고 있었다. 뭔가 굉장히 큰일이 벌어진 것 같았다.

"아파, 나나. 왜 그래?"

"절대, 절대로 내다봐서는 안 돼. 없는 척 숨어 있어야 해."

"왜? 손님이 무서운 사람이야?"

"귀도 막아. 듣지도 말고 보지도 마."

나나 얼굴이 무서웠다. 나나는 장식장을 치우고 숨어 있는 문을 열었다. 그런 곳에 문이 있다니 놀라웠다. 창고로 쓰는 방 같았다.

"여기 들어가 있어. 넌 이 집에 없는 거야."

문이 열렸다. 분위기 있는 마법의 방일 거라는 내 예상과 달리 어둡고 낡은 책 냄새가 나서 코가 매웠다. 거미줄도 있었다.

"싫어. 무서워, 나나."

"시간 없어!"

나나가 내 등을 떠밀었다. 문을 닫고 미처 장식장을 제자리로 옮길 새도 없이 누군가 들이닥치는 소리가 났다. 나는 어둠 속에서 소리에 귀를 기울였다. 나나가 듣지 말라고 했지만, 어쩔 수 없었다.

"오랜만이야."

남자 목소리였다.

"어휴."

한숨 소리에 퍼뜩 정신이 들었다. 노을이 사라지고 서서히 어둠이 내리고 있었다. 몸을 기댄 담장이 서늘하게 식었다. 작은아빠가 삽으로 화단을 파헤치고 있었다. 힘든지 때때로 허리를 펴고 한숨을 쉬거나 혼잣말을 했다.

자루는 마당에 아무렇게나 던져져 있었다. 화단에 말라 죽어 있던 나무와 꽃 들이 떠올랐다. 나나가 있을 때는 활짝 피어 생명력을 뿜냈다. 잘 다듬어져 있지 않아 삐죽삐죽하지만, 그래서 더 아름다운 마당이었다.

작은아빠는 다른 곳을 파 보았다가 다시 원래 파던 곳으로 삽을 옮겼다. 무엇인가를 찾고 있는 듯했다. 해가 온전히 기울어 어둠이 내렸지만, 작업은 끝나지 않았다. 물고 있는 담뱃불만 보였다. 이제 진짜 도깨비불 같았다.

나는 엿보기를 멈추고 담장에 등을 기댔다. 딱딱하고 서늘한 기운이 등에 돌았지만, 차마 더 지켜볼 수 없었다. 우진이가 목격한, 머리에 피를 흘리고 쓰러져 있던 나나는 감쪽같이 사라졌다. 삽을 들고 땅을 파고 있는 작은아빠, 그리고 문득 떨리던 어깨가 떠올랐다. 우진이 녀석의 질린 얼굴과 떨리던 목소리와 몸. 녀석은 말하려고 했다. 그러나 차마 말할 수 없었다. 나중에 말해 준다고 했다. 나중에.

"누가 그 집으로 가길래 따라갔어……."

누구를 따라간 건지 이제는 알 것 같았다. 뻔히 보이는 답이었다. 내 마음도 진작 눈치채고서 모른 척하고 있었는지 모른다. 우진이 녀석이 조심스러웠던 것처럼 나도 인정하고 싶지 않았다.

은요 - 민세야, 정말 내가 알아서는 안 되는 일이 있는 걸까? 만약 지금 열려는 상자가 판도라의 상자라면 어쩌지?

탕.

금속 물체가 바닥에 내동댕이쳐지는 소리가 났다. 들여다보지 않을 수 없었다. 마당 한쪽에 삽이 누워 있고, 작은아빠는 자루에 어떤 물체를 쓸어 담고 있었다. 어두워서 무엇인지는 보이지 않았다. 담배 끝에 매달린 담뱃불만이 둥둥 떠다녔다.

나는 어둠을 틈타 좀 더 가까이 다가갔다. 반쯤 열린 대문을 건드리지 않게 조심하면서 마당 한쪽 나무 뒤에 숨었다. 이제야 좀 더 자세히 보였다. 자루에 딱딱하고 길쭉한 뭔가가 잔뜩 담겨 있었다. 몸이 덜덜 떨렸다. 결국은 찾고자 한 '물건'을 찾고 만 것이다.

그렇지만 도대체 작은아빠가 왜?

작은아빠와 나나는 아는 사이였을까? 둘 다 이 마을 출신으로 나이도 얼추 비슷하다. 동갑이거나 기껏해야 한두 살 차이. 나나는 우진이 엄마와 동창이다. 녀석의 엄마는 몇 살이라고 했지? 머릿속이 하얗게 되어서 알던 것도 잘 떠오르지 않았다.

다만 우진이 엄마가 나나를 '여우 같은 계집애'라고 일컫던 것이 생각났다. 무슨 일이 있었는지 여기 살다가 떠났고, 다시 돌아온 나나. 여우 같은 계집애. 여자들은 어떤 여자에게 그런 평가를 내리는가.

'오랜만이야.'

기억의 끝에 남은 남자 목소리가 내내 걸렸다. 나나에게 오랜만이라고 말하는 남자. 여기를 떠나기 전에 만났던 사람. 그러나 나나에게는 달갑지 않은 손님이었다. 딸 같은 나에게도 숨겨야 하는 손님이었다. 내가 알기를 원하지 않았다. 두려워하고 있었다.

아니다. 만약 반대로 생각해 보면 어떨까. 나에게 손님이 누군지 들키고 싶지 않기도 했지만, 손님에게 나를 들키고 싶지 않았다면? 내가 그 집에 있는 걸 손님이 알아서는 안 되는 것이었다면?

어둠 속에서 갑자기 빛이 생겨났다.

민세 - 은요야, 너 있는 곳이 정확히 어디니?

민세의 메시지가 오자 휴대폰에 불이 들어왔다. 동시에 작은아빠가 소리쳤다.

"거기 누구야!"

22
목소리

"거기 누구야!"

작은아빠는 서두르지 않고 천천히 다가왔다. 휴대폰을 뒤로 감췄지만, 이미 불빛 때문에 위치가 발각된 터였다. 나는 독 안에 든 쥐였고, 작은아빠는 서두르지 않았다. 나는 갇혀 있는 것이나 다름없었다.

그때처럼.

기시감. 전에도 이런 일이 있었다.

"오랜만이야."

남자 목소리에 궁금증이 일었다. 친구라고는 나밖에 없는 나나에게 찾아온 새로운 손님. 그것도 남자라니. 심각하던 나나 얼굴이 떠올랐지만, 한편으로는 이것도 재미있는 장난이라는 생각이 들었다. 남자 친구가 집에 오는 게 부끄러워서 나에게 못 보게 한 건지도 모른다는 유치한 짐작. 알나리깔나리 하고 놀려 주어야지 생각했다.

그래서 망설임 없이 나나의 지시를 어기고 문틈으로 밖을 내다봤다. 다행히 장식장으로 문 앞을 막을 시간이 없었고, 낡고 뒤틀린 나무 문은 틈이 조금 벌어져 있었다. 내 작은 눈동자로 밖을 내다보기에는 부족함이 없었다. 지금 생각해 보면 모든 게 잘못된 것이었다. 차라리 나무 틈이 좁아서 아무것도 안 보였더라면, 내가 좀 더 겁에 질려 나나가 시키는 대로 귀를 막고 눈을 감았더라면 훨씬 나았을지도 모른다.

처음에는 밖이 잘 보이지 않았다. 그러나 눈이 곧 익숙해졌고, 나는 남자의 뒷모습을 잡아낼 수 있었다. 어느새 장식장 뒤 방에 숨어 있는 것은 아홉 살 내가 아니었다. 뚝 끊어졌던 기억은 시간이라는 때를 타지 않아서인지 갓 겪은 일처럼 생생했다.

세월을 훌쩍 건너뛰어 열일곱 살인 내가 들어가 있었다. 같은 떨림과 호기심을 가지고.

"돌아와 있었다니 상상도 못 했어. 게다가 우리 소굴에? 어떻게 이리로 돌아와 있을 생각을 했지?"

남자 목소리가 호의적이지만은 않았다. 비아냥거리는 걸로 들렸다.

"네가 뭔 상관인데?"

반면 나나 목소리는 가늘게 떨렸다.

"그래. 여기는 네 아지트기도 했지. 우리 중 여자는 너뿐이었으니까 여왕 노릇까지 하면서 말이야. 그런데 나한테 한 짓을 생각하면 돌아오기 껄끄럽지 않았나? 예쁜 얼굴로 이놈 저놈 가지고 놀았을 줄은 상상도 못 했어. 하, 그러고 보니 그 곱던 얼굴도 많이 상했네."

여우 같은 계집애. 누군가 나나를 그렇게 정의했다.

"그, 그게 뭐 어쨌다는 거야? 입 닥치고 당장 나가."

"죽기 살기로 들어간 의대는 너 때문에 졸업하지 못했어. 정신과 의사? 내가 미치겠는데, 그런 걸 할 수 있었을 거라고 생각해? 넌 내 미래를 망쳐 버린 거야. 그래 놓고 여길 떠나 도시에 가서도 같은 짓을 했다며? 결국 다 잃고 허깨비가 되어서 돌아온 거지? 소문이 파다하더라. 미혼모였다고? 아기가 죽은 게 오히려 다행이다. 너같이 더러운 걸 또 만드느니 그게 나아."

"조용, 조용히 해!"

나나가 소리를 지르며 흥분했다. 아기 이야기를 꺼내다니 비겁했다. 아기가 죽었다는 말을 직접 들은 것도 충격적이었다. 그러나 남자는 조용히 하지 않았다. 오히려 살짝 몸을 뒤로 젖히며 비웃었다.

"미친년. 아니지. 내가 미친놈이지. 너 같은 걸 좋아했으니."

"그만, 그만!"

나나가 머리를 흔들었다. 그러다가 잠깐 내 쪽을 보았다. 눈이 마주쳤다. 밖을 내다보고 있는 나를 보면서 나나는 몹시 당황했다. 나나의 눈이 커졌다. 무시무시할 정도로 커졌다. 저렇게 무서운 나나 얼굴은 처음 보았다.

"나, 나가자. 나가서 얘기해."

나나가 황급히 남자를 밀었다. 남자는 웬만해서는 밀리지 않았다.

"이거 왜 이래? 여기 나랑 단둘이 있는 게 그렇게 부담스러워? 너 같은 년이?"

남자가 뱅그르르 돌며 나나를 놀렸다. 이제야 내 시야에 들어온 남자의 얼굴이 낯익었다. 아주 잘 아는 얼굴이었다. 온몸에 소름이 돋았다. 믿을 수가 없었다.

왜 작은아빠가 여기 있는 거지?

작은아빠는 엄하기는 해도, 나에게 좋은 사람이었다. 미루 아빠였고, 우리 아빠 동생이었다. 배신감. 배신감이 밀려왔다. 왜 좋은 사람인 작은아빠가 나나를 괴롭히는 거지? 나나에게는 나쁜 사람인 거야? 나나가 못 보게 한 이유가 이거였다. 작은아빠에게는 나를, 나에게는 작은아빠를 숨기려 한 것이다. 지키려 한 것이다.

혼란스러웠다. 내 몸의 세포 하나하나가 요동쳤다. 달려 나가 미친 듯이 고함을 질러도 모자랐다. 그러나 내 몸뚱이는 열일곱 살 신은요가 아니라 아홉 살 신은요였다. 분노는 공포로 자리 잡았고, 나는 꼼짝도 할 수 없었다. 어떻게든 숨고만 싶었다. 돌이키고 싶었다. 입은 틀어막았으나 눈은 뗄 수가 없으며 귀도 어찌할 도리가 없었다. 꼭 가위에 눌려 악몽을 꾸면서도 아무것도 할 수 없는 비참한 신세 같았다.

나나는 거의 강제로 작은아빠를 끌고 밖으로 나갔다. 현관문이 미처 닫히지 못했지만, 내가 있는 각도에서는 아무것도 보이지 않았다. 다투는 소리가 들렸다. 그리고 단 한 번의 비명.

인간의 것이라고는 할 수 없는 울부짖음이었다. 짧지만 강하게 뇌리에 남았다. 빨간 지붕 집을 통째로 뒤흔드는 무서운 주문. 순식간에 포근하고 아름다운 나의 성이 가시덤불에 뒤덮인 저주의 성으로 탈바꿈했다. 조금 전까지 덜덜 떨고 있던 세포들이 하나하나 찢기고 터져 나갔다.

나나. 나나.

나나를 불렀지만 소리가 되어 나오지 않았다. 겨우 힘을 내서 문고리를 잡았다. 문은 잠겨 있지 않았다. 그러나 잠겨 있는 것이나 다름없었다. 나갈 용기가 안 났다. 방금 전 들은 소리는 분명 여자의 비명이었다. 굳이 인간의 것이라는 전제로 생각해 보자면 그랬다. 밖에 그 남자, 작은아빠가 기다리고 있을지도 몰랐다. 다음에는 나에게서 그런 소리가 튀어나올지도 몰랐다.

무서워, 나나.

나는 어둠 속으로 기어들어 갔다. 낡은 책 냄새가 나를 감쌌다. 먼지 때문에 콧물이 났지만, 그대로 두었다. 이대로 이곳에 갇혀 죽어 가고 싶었다.

"거기, 설마……."

작은아빠가 다가왔다. 우리 둘 다 가로등 하나 없는 산속 어둠에 익숙하지 않았다. 생생하게 넘어온 과거의 공포 탓인지 나는 꼼짝도 할 수 없었다. 작은아빠를 밀치고 도망갈까도 생각했지만, 현실적으로 키가 20센티미터나 차이 나는 남자 어른을 밀치는 것이 가능하지 않을 성싶었다. 모든 것이 막막했다.

아무리 어둡다지만, 가까운 곳에서 형체 정도는 알아볼 수 있었다. 결국 작은아빠는 나를 알아볼 수 있는 거리까지 다가왔다.

"또 너구나."

체념한 듯, 그리고 재미있다는 듯 들렸다. 어느 정도 짐작하고 있었는지 놀라는 기색이 없었다. 이런 식으로 8년의 세

월을 넘어 같은 자리에 서게 될지 우리 둘 다 몰랐다. 작은아
빠가 갑자기 라이터로 불을 켰다. 잠깐의 불빛으로 널브러진
자루에서 반쯤 튀어나온 물체가 보였다. 불행히도 내가 예상
했던 그게 맞았다.

"왜 날 따라왔지?"

"어떻게 이럴 수가 있어요?"

"기억이 났구나?"

목소리가 섬뜩했다. 약간 웃음을 머금고 있는 것처럼 들렸
다. 도대체 왜? 지금 이 상황에서 뭐가 웃긴 건데?

"이게 다 미루 자식 때문이야. 그 자식이 널 위해서 여길 알
려 줬다고 생각해? 미루는 여전히 널 증오해. 아버지를 빼앗
아 간, 기억도 희미한 사촌이니까. 그래서 쓸데없는 짓을 한
거야. 널 괴롭히려고 미끼를 던진 거지. 멍청한 자식."

나를 보고 환하게 웃던 미루가 떠올랐다. 그리고 마지막 순
간 한 번도 뒤돌아보지 않고 성큼성큼 가 버리던 미루도. 작
은아빠와 나를 무표정하게 지켜보고 서 있던 얼굴이 진짜였
다. 소름이 돋았다. 내 과거를 들추어 복수하려던 미루가. 그
리고 사실은 그 원흉이었던 미루의 아버지가.

미루를 이 사건에서 떼어 놓느라 강제로 미국에 보내고, 나
를 병원으로 끌고 다니며 관리하던 지난 일. 그마저도 모자
라 상관없는 친척들도 이곳에 얼씬 못 하게 했다. 결국 할머

니가 남고 내가 돌아오는 바람에 일이 틀어져 버렸지만. 나를 위해서가 아니라 자신을 위해서 어쩔 수 없는 조치였다. 나름대로 뒷수습을 위해 치열했다고 생각하니 실소가 나왔다.

훗.

실제로 나는 웃었다.

"어쩔 수 없다."

작은아빠가 뒤에 감추고 있던 뭔가를 치켜들었다. 길쭉한 나뭇가지? 저게 뭐지? 생각할 겨를도 없이 그것이 나를 내리쳤다.

악.

비명이 나왔는지 안 나왔는지 나는 알지 못한다. 다만 입이 벌어졌던 것 같다. 암전 상태. 내 눈앞뿐만 아니라 머릿속도 누군가 불을 끈 것처럼 순식간에 암전되었다.

나는 다시 아홉 살이 되어 방에 갇혀 있었다. 나가려면 얼마든지 나갈 수 있었다. 나나가 내지른 단말마의 비명이 휩쓸고 간 밖은 조용했다. 인기척도 나지 않았다. 시계를 보지 않아도 시간이 한참 흘렀다는 게 느껴졌다. 아직도 나나의 비명이 내 속을 끓였지만, 아주 오래된 일처럼 여겨지기도 했다.

여름의 시골은 참으로 한적하다고, 낮에 다녀도 보는 사람이 없다고 좋아하던 나나가 떠올랐다. 마을 어른들은 논밭에 허리를 굽혀 숨어 있고, 어린아이들은 시원한 산으로 강가로 나가 곤충 채집을 하거나 물놀이를 했다. 산으로 놀러 온 아이들 중에 혹시 나나의 비명을 들은 사람이 없을까. 그러나 산이 비명을 그대로 흡수해 다른 소리로 만들어 퍼뜨릴 거라는 생각도 들었다. 새가 내는 소리, 나뭇가지가 바람에 스치는 소리. 산속에는 언제나 많은 소리가 있었다.

눈을 꽉 감고 있어서일까. 대나무 숲에서 들은 바람 소리가 떠올랐다. 사사삭사사삭, 속을 간질이는 소리. 한가로운 오후, 모험을 한다고 미루와 들어간 대나무 숲에서 나는 바람을 보았다. 바람은 대나무 잎을 흔들며 우리에게 다가왔다가 그대로 스쳐 밖으로 빠져나갔다. 그 순간 나는 평화로웠다. 어렸지만, 속이 맑아지는 느낌이 무엇인지 처음 알았다.

당장 그때 그 대나무 숲으로 가고 싶었다. 어두운 서고가 아니라 눈이 시릴 정도로 푸르던 대나무 숲으로.

어둠 속에 한줄기 빛이 깃든 건 그때였다. 조금 열린 문틈이 점점 벌어지더니 환한 빛이 나를 감쌌다. 문을 연 사람 등 뒤로 빛이 쏟아져 내려 그림자를 만들었다. 그 사람이 누구인지 보이지 않았다.

나나?

"너 언제부터 여기 있었어?"

남자 목소리. 말이 나오지 않았다. 대신 딸꾹질이 났다.

딸꾹. 딸꾹.

"아무 말이나 해 봐. 뭘 봤지?"

딸꾹.

작은아빠가 나를 흔들었다. 나는 고개를 저으며 입을 뻥끗 거렸지만 말이 되어 나오지는 않았다. 작은아빠가 내 눈을 까뒤집어 보았다. 내 몸에 손이 닿는 순간 부르르 떨렸다. 온몸이 하얗게 얼어붙었다. 머릿속도 하얘졌다.

"신은요. 지금부터 잘 들어. 넌 아무것도 못 보고, 못 들은 거야. 사고였을 뿐이야."

나는 정신없이 고개를 끄덕였다. 내 속에서는 한 목소리뿐이었다. 넌 살아야 해. 살아야 해. 몸에 기운이 빠져 축 늘어질 때까지 내 속의 나나가 그렇게 외쳤다. 나도 간절했다.

맞아. 난 살고 싶어.

나는 겨우 아홉 살이었다.

23
봉인

눈을 떠 보니 나는 다시 열일곱 살이었다. 그러나 장소는 같았다. 장식장 뒤 작은 방. 어둠. 낡은 책 냄새. 그리고 먼지.

다만 다른 점이 있다면 문틈으로 아무것도 내다보이지 않는다는 것. 철저한 어둠. 뒤틀린 나무로 벌어져 있는 문틈에 손가락을 넣어 보았지만, 딱딱한 나무가 한 겹 더 만져졌다. 문 너머에 장식장이 있었다. 그날과 가장 다른 점이었다. 장식장이 가로막고 있었고 문손잡이가 돌아가지 않았다. 밖에서 잠겨 있었다. 나나는 미처 장식장으로 가리지 못하고 차마 문을 잠그지 못했지만, 남자는 달랐다. 내가 얼마 동안 기절해 있었는지 남자에게는 충분한 시간이 있었다. 나를 완벽하게 밀봉하기 위한 시간. 그리고 의지.

혹시나 해서 주머니 안을 뒤졌지만 아무것도 없었다. 예상한 바였다. 바보가 아닌 이상 휴대폰을 그대로 두었을 리 없다. 누군가에게 구조를 요청할 수 없다는 절망감보다 휴대폰 불빛이 없다는 아쉬움이 컸다. 나는 완벽한 어둠에 놓였다.

어둠이 무섭다는 생각을 때때로 한 적이 있다. 어릴 때는 밤에 자다가 이유 없이 경기를 일으킨 적도 있고, 자다가 깨면 다시 잠이 오지를 않아서 이불을 뒤집어쓰고 꼬박 날을 새곤 했다. 생각나지 않는 악몽을 꾸는 것도 예사로운 일이었다. 꿈을 꿀 때는 섬뜩한 공포가 생생한데, 깨어나면 내용은 기억나지 않고 공포만 남아 나를 괴롭혔다. 아마 이 공간과 그날에 대한 기억이 불현듯 나를 찾아오곤 한 것 같다.

이제는 악몽 속에 나 스스로 와 있었다. 여기까지 오기 위해 힘들게 기억을 거슬러 올라왔다. 팔을 뻗어 내 주위를 더듬었다. 무언가 만져졌다. 자루. 딱딱한 막대 같은 물건이 들어 있는 자루가 곁에 있었다.

나나?

8년 전 그날, 이 방 안에 자루 따위는 없었다. 내가 아는 자루라고는 아까 작은아빠가 가지고 있던 자루뿐이다. 자루 입구를 찾아 천천히 열었다. 문득 얼굴에 뭔가 흐르고 있다는 걸 느끼고 쓸어 보니 눈물이 나오고 있었다. 오랫동안 잊어버리고 있던 게 미안했다. 이 집에 갇혀 기다리고 있던 것은 아홉 살 내가 아니라 나나였다.

시간과 공간이 모호해져 갈 무렵, 밖에서 무슨 소리가 난 것도 같았다. 문 앞을 단단히 막아선 장식장은 밖의 소리까지 막고 있었다. 어렴풋이 남자 목소리가 나를 찾는 것 같았으나, 소리가 잘 안 들렸다. 귀를 기울여 봐도 웅웅 울리는 소리로 돌아왔다.

"여기요! 여기 사람 있어요! 여기라고!"

내 목소리가 밖으로, 그것도 마당까지 온전히 나가지 못하는 것은 당연하다. 쿵쿵 두드려도 보고 소리를 질러 봐도 역부족이었다. 금세 밖은 다시 조용해졌다. 웅웅대는 남자 목소리도 들려오지 않았다. 우진이일 것이다. 내가 사라진 걸 안 우진이가 이 집을 찾아온 게 분명하다.

남자는 나와 나나를 세상으로부터 고립시키는 데 성공했다. 누군가 해제할 때까지 우리는 이 공간 안에 봉인되어 있을 것이다.

그렇다고 해서 영원히 봉인할 수 있는 것은 아니다.

무엇보다 우진이가 있기에 희망적이다. 말소리가 정확하지는 않지만, 포기했을 리 없다. 다시 나를 찾아올 건 안 봐도 뻔하다. 다만 이상한 점이 있다면, 왜 안으로 들어와 찾지 않느냐는 것이다. 여기까지 찾으러 왔으면서 겉만 둘러보고 돌아갔다는 게 이상하다.

설마, 안으로 들어오는 문이 잠겨 있나?

우리는 처음 열쇠로 문을 따고 나서 그대로 문을 열어 두었다. 우진이는 잠겨 있으리라 생각지 않고 열쇠를 챙겨 오지 않은 것이다.

조금 뒤 요란한 발소리가 들려왔다.

"우진이니?"

대답이 없었다. 구두를 신고 마루를 거침없이 다니는 소리가 났다. 여기 와서 본 내내 우진이는 늘 운동화를 신었다.

어디선가 희미한 냄새가 들어왔다. 매캐한 냄새. 연기 냄새라는 걸 알았을 때, 심장이 미친 듯이 뛰기 시작했다. 아니, 내 머리보다 심장이 먼저 알아차린 것 같다. 호흡이 가빠 왔다. 왜 연기 냄새가?

나나를 껴안았다.

쿵.

어디선가 내려앉는 소리가 났다. 낡은 집은 고작 작은 불길에도 무너져 내렸다. 나와 나나가 다시 만날 때까지 견뎌 준 것이 고마울 정도로 낡은 집이긴 하다.

나나, 우리는 빨간 지붕 집과 함께 봉인되는 걸까?

나나를 껴안고 눈을 감았다. 거부감은 들지 않았다. 끝이 오기 전에 조금이라도 더 나나에 대해 알고 싶었다.

갑자기 눈앞이 환해졌다. 뿌연 연기 사이로 양 갈래 머리를 한 여자애가 보였다. 여자애는 문손잡이를 잡았다.

"그거 안 열려."

내 말에도 여자애는 개의치 않았다. 놀랍게도 문이 열렸다. 밤인데도, 눈부시게 환한 빛이 몰려 들어왔다. 뒤늦게 내가 우는 이유를 깨달았다. 8년 전 그날도 문은 열려 있었다. 언제든지 뛰어나가 나나의 비명을 막을 수 있었다.

여자애가 손을 내밀었다. 잡아도 될까? 망설이는 나에게 여자애가 손가락을 까딱했다. 손을 잡았다. 그러자마자 나는 여자애 속으로 빨려 들어갔다.

나나가 파란 대문을 꼭 닫고 집을 나선다. 집 안에 있던 여자애는 나나를 기다리기로 한다. 나나가 금방 올 거야. 스스로에게 말한다. 그러나 나는 여자애에게서 떨어져 나온다. 그날이다. 계속 바라던 대로 그날로 돌아온 것이다. 혼자 노는 여자애를 놔두고 뒤늦게 나는 나나를 쫓는다.

나나는 아침 일찍부터 어딜 그렇게 가는 걸까?

사실 나나가 갈 곳은 딱 한 군데밖에 없다. 마을에서 유일하게 드나드는 곳. 구멍가게인 동네 슈퍼이다. 나나는 뛰듯이 안으로 들어가 망설임 없이 달걀과 밀가루를 집어 든다.

"오늘은 아침부터 푹푹 찌네. 뭐 만들게? 빵? 부침개?"

주인아주머니가 괜히 친한 척 말을 건다.

"예. 그냥요……."

나나가 말끝을 흐리며 고개를 숙인다. 잠시 서 있다가 냉장고로 가서 우유를 집어 카운터에 올려 둔다.

"또 필요한 건 없어? 집이 정확히 어디야? 결혼은 안 했지?"

"……계산해 주세요."

주인아주머니는 늘 심심하고 무료해서 지나다니는 우리에게도 이런저런 걸 묻곤 했다.

그러고 보니 다시 돌아온 나나는 검은 비닐봉지를 아무렇게나 마당에 내던졌다. 안에 터진 우유와 깨진 달걀, 밀가루가 들어 있던 게 이제야 기억난다.

가게에서 나온 나나를 한 남자가 뒤쫓는다. 남자는 담배를 피우며 동네를 어슬렁거리다가 나나를 발견한다.

"너 혹시……."

남자가 말을 건다. 나나는 처음에는 남자를 못 알아본 듯하다가 곧 얼굴이 하얗게 질린다. 바로 고개를 돌리고 빨리 걷기 시작한다.

"야, 맞지? 어딜 도망가?"

나나는 대답하지 않는다. 이 상황에서 벗어나려고 발버둥치는 게 눈에 보인다.

"거기 서, 이 더러운 년아!"

남자 입에서 더 잔인하고 더러운 욕설이 이어진다. 나나는 우뚝 멈춰 선다.

"왜 나한테 그렇게 말하는 거야?"

"욕 들어 먹으니까 정신이 번쩍 나냐? 이놈 저놈 붙어먹은 게 그럼 안 더러운 짓이야? 그것도 별 거지 같은 놈들하고. 수준 안 맞게."

남자가 침을 뱉는다.

"친구들한테 수준 안 맞는 거지 같은 놈이라고 하는 사람은 정상인가?"

나나가 나나답지 않게 또박또박 말한다. 속이 후련하다. 남자는 이 마을에서 소위 말하는 개천의 용이다. 명문 의대를 갔다는 이유로 아직도 종종 잘난 척을 하곤 한다.

"우리 소굴을 매음굴로 만든 건 너야!"

"그만해. 다 어릴 때 오해야. 도시로 가고 여기 아무도 없다더니 내가 잘못 안 거구나. 곧 떠날 테니까 조용히 해."

나나는 다시 걷는다. 내가 아는 나나가 아닌 것만 같다.

남자는 나나가 떠난다고 했음에도 줄기차게 따라온다. 나나 걸음이 다시 불안정해진다.

다행히 남자는 조금 더 따라오다가 갈림길에서 멈춘다. 나나는 안도의 한숨을 쉰다. 재빨리 갈림길에서 꺾어 집으로 온다. 남자는 따라오지 않는다.

나나는 집 앞에서 마을을 내려다본다. 멀리 남자가 이쪽으로 오는 갈림길로 꺾는 게 보인다. 담배를 마저 피우느라 잠시 멈춰 선 거였다. 남자는 나나가 어디 머무는지 눈치챈 것이다. 소굴.

"아가, 손님이 올 거야."

나나가 여자애를 잡고 말한다. 그러다가 갑자기 경악한다. 여자애 얼굴을 뚫어져라 보던 나나는 황급히 여자애를 잡아끈다. 장식장 뒤 방에 아이를 넣고 미처 장식장을 제자리에 옮길 새도 없이 남자가 들이닥친다.

"말도 안 돼. 왜 둘이 닮은 거지?"

나나가 중얼거리며 남자를 맞이한다. 여자애와 남자가 닮은 구석이 있다는 것을 눈치챈 듯하다.

남자가 집 안에 들어오자 한참 말다툼이 이어진다. 그러다가 나나는 장식장 쪽을 본다. 여자애와 눈이 마주치자, 얼른 남자를 밖으로 밀친다.

마당으로 나간 두 사람은 몸싸움을 벌인다. 남자는 나나가 거칠게 나오자, 흥분하며 분노한다. 욕설을 하며 나나를 밀친다. 그대로 넘어진다. 쿵. 피가 흐른다. 아주 많이.

나나, 나나!

나는 소리치지만, 나나에게는 들리지 않는다.

남자는 당황한다. 그러나 나나가 죽은 것을 확인하고는 침착해진다.

"이건 사고야. 사고."

남자는 중얼거리며 서둘러 자리를 떠난다. 산을 빙 둘러 올라올 때와는 다른 길로 내려간다. 여자애는? 여자애는 아직 그 방 안에 있다. 덜덜 떨면서 얼어붙어 있다. 그런데 여기 한 사람이 더 있다. 옆집 아저씨가 자기 아지트 근처로 가고 있는 걸 본 남자애. 남자애는 아저씨가 아지트를 발견할까 봐 조바심을 내며 따랐다가 쓰러진 나나를 본다. 피를 흘리는 나나를 보고 기겁하고 도망간다.

오후가 되어 할머니가 여자애를 찾는다. 놀러 나갔다가 돌아와 있을 시각이다. 남자는 무심하게, 혹은 멍하게 평상 위에 엉덩이를 걸치고 앉아 있다.

"애 좀 찾아봐라. 이상혀. 동네 어디에도 없응께."

"오겠죠, 뭐."

그때 미루가 말한다.

"아빠, 누나는 나나한테 갔을 거예요. 만날 나 따돌리고 거기 가요."

잔뜩 심통 난 미루는 비밀을 남자에게 떠벌린다.

"나나가 누군데?"

"산에 사는 미친 귀신이요. 동네 애들은 다 알아요."

남자는 머리를 한 대 맞은 표정이다.

"그 여자가 어디 사는데? 산이라면 전원주택 단지 쪽이지?"

"아뇨. 다른 데래요. 정확히 어딘지는 다들 몰라요. 마녀라서 마법을 부려서 집을 숨겼대요."

남자 얼굴이 점점 일그러진다. 소굴일 거라는 확신이 드는 듯하다. 잠시 고민하던 남자는 산으로 간다.

남자는 다시 소굴로 간다. 나나는 아직도 마당에 누워 있다. 남자는 나나를 적당한 곳에 대충 파묻고 집 안으로 들어간다.

"집 안에 보물이라도 있는 것처럼 굴더니 설마……."

남자는 찬찬히 집 안을 둘러보다가 장식장을 옆으로 끌어낸 흔적을 발견한다. 작은 문을 손가락으로 쓸어 본다. 남자는 손잡이를 돌린다. 문은 밖에서 잠그는 방식이다. 잠겨 있지 않다.

안에 여자애가 웅크리고 있다.

"너 언제부터 여기 있었어?"

남자는 놀란 가슴을 숨기고 짐짓 친절하게 말을 붙였으나 여자애는 대답하지 않는다. 몸을 덜덜 떤다. 초점을 잃은 눈이 남자 쪽을 본다.

"아무 말이나 해 봐. 뭘 봤지?"

또 대답을 하지 않는다. 대신 딸꾹질을 한다. 남자를 알아보지 못하는 듯하다. 남자는 여자애를 흔든다. 여자애의 눈빛을 못 견뎌 하는 것 같다.

"넌 아무것도 못 보고, 못 들은 거야."

여자애는 알아듣는 것 같지 않다. 침을 흘리며 몸이 딱딱하게 굳는다.

"그래. 사고였을 뿐이야."

남자는 혼잣말을 한다. 여자애에게 하는 것인지 자신에게 하는 것인지 모를 말이다.

남자는 여자애를 데리고 산을 내려온다. 사람들에게는 젊은 남자가 유괴했던 것이라 꾸며 댄다. 모두 그 말을 믿는다. 작은 시골 마을. 개천의 용인 남자의 말이라면 당연히 믿는다. 뒤늦게 다시 산을 올라간 남자애는 나나가 사라진 걸 알고 안도의 한숨을 쉰다. 역시 다친 거구나.

모든 일이 정리되었을 때, 남자는 계속 혼잣말을 한다.

"그래, 사고였어. 사고였을 뿐이야."

24

빨간 지붕

다시 눈을 떴다. 연기 냄새에 흥분하여 기절했던 것 같다. 아직 나는 나나를 안고 있었다. 나나가 전해 주는 꿈을 꾸었다. 아니, 나나의 꿈속에 내가 들어갔던 것 같다. 어찌 되었든 이번에는 내용이 다 기억이 났다. 무섭지도 않았다. 기억나지 않을 때는 무섭기만 했는데, 이제 다 괜찮았다. 그저 내가 상상한 내용을 꾸었다고 해도 그마저도 고마웠다. 나나가 나를 용서해 주는 것만 같아서.

"나나, 미안해."

자꾸 눈물이 났다.

연기는 이미 자욱했다. 숨을 쉬기가 힘들 정도다.

푸드덕, 날갯짓 소리가 들려왔다. 새? 산에서 새들이 나뭇잎을 치며 날아오르던 모습이 떠올랐다. 그런데 아주 가까운 곳에서 나는 소리였다. 집 안에 새 떼가 들어와 푸닥거리라도 하는 것 같았다.

갑자기 더워졌다. 여름치고도 더. 더운 게 아니라 뜨거운 것이다. 이건 새 소리가 아니다. 불타는 소리다. 본격적으로 집이 타들어 가고 있다. 불길이 번지고 있는 게 눈앞에 훤히 그려졌다.

"살려, 살려 주세요!"

불길이 번져 방까지 들어오면 순식간에 재가 되어 버릴 것이다. 사방을 둘러싼 낡은 책들은 좋은 고체 연료이다. 나와 나나의 화장터가 되기에 딱 좋은 공간이다. 우리는 이 안에서 나란히 타들어 가는 것이다.

"아무도 없어요?"

마지막 힘을 내어 소리쳤다. 아무리 시간이 흘렀다고 해도 아직 깜깜한 새벽일 것이다. 아무도 얼씬 안 하는 산속에서 들을 사람은 없다. 마음을 포근하게 해 주던 집이 섬처럼 외롭게만 느껴졌다. 마을 어디든 볼 수 있어도 어디에서도 볼 수 없는 이 집이 좋았지만, 이제는 그렇지 않았다. 지금만큼은 마을에서도 불길이 솟는 걸 봐 주었으면 싶었다. 단 한 사람이라도.

간절함 때문인지 어디선가 개 짖는 소리가 난 것도 같다. 산짐승일 것이다. 마을 개가 새벽에 산까지 올라갔다는 소리는 들은 적이 없다.

"나나, 나나."

겨우 찾았는데, 이대로 사라지게 되었다. 나나도 빨간 지붕
집도. 나는 나나를 부르는 것으로 마지막 말을 대신하고 싶
었다. 슬프기도 했지만, 연기 때문에 눈물과 콧물이 끊임없이
나왔다.

왕왕.

이번에는 분명히 들렸다. 개 짖는 소리다. 아주 가까운 곳
이다.

"여기요! 여기⋯⋯."

천장에서 번진 불이 책으로 옮겨붙고 있었다.

"신은요! 어디 있어?"

우진이의 목소리가 가까이서 들렸다. 두드리는 손에 힘이
들어가지 않아 헛손질만 하게 되었다. 나 여기 있어. 여기, 책
이 있는 곳.

"낡은 책이 있어, 여기 책이⋯⋯."

장식장 뒤, 장식장 뒤에 책이 있는 방에 있어.

말을 잇기 위해 한껏 들이마신 공기는 연기로 가득 차 있
었다. 숨이 턱 막혀 왔다. 연기를 너무 많이 마셨다. 목구멍이
뒤틀리면서 목소리가 안 나왔다. 기침을 해 봐도 목은 정상
으로 돌아오지 않았다. 오히려 불이 붙기라도 한 것처럼 고

통스러웠다.

끝이야. 나나. 우진이는 우리를 찾지 못할 거야.

장식장이 다 타들어 가기 전에는 여기 방이 있다는 걸 알 수 있을 리 없다. 눈을 감았다. 몸에 힘이 풀렸다. 그런데 갑자기 문이 열리면서 뭔가 새까만 것이 뛰어 들어왔다.

왈왈.

검둥이가 미친 듯이 짖었다. 검둥이?

장식장을 치우고 우진이가 문을 연 것이다. 어떻게 찾았는지 생각할 겨를도 없이 우진이가 나를 잡아끌었다. 뭐라고 말을 하고 싶었지만, 목을 꾹 누른 것 같은 기침만 나왔다.

그때 나는 아까 났던 '쿵' 소리의 정체를 보았다. 나나가 있을 때도 관리가 전혀 되지 않던 다락방이 일찌감치 무너져 내렸다. 바닥에 쏟아진 서까래와 기둥이 흡사 낡은 나무를 쌓아 만든 무덤처럼 보였다. 그리고 그 사이로 누군가의 팔이 삐죽 나와 있었다. 주먹에 라이터가 쥐여 있었다. 담배에 불을 붙이던 그 남자의 라이터.

남자가 죽었는지 살았는지 알 수 없었다. 그러나 우진이에게 아무 말도 하지 않았다.

왜냐하면 사고였으니까.

그 남자가 중얼거리던 그대로 단지 사고였다.

시간이 군데군데 끊어진 듯하더니 어느새 나는 파란 대문 앞에 있었다. 집이 불타는 게 보였다. 노을이 지는 시간도 아닌데, 지붕이 빨갰다. 불길에 휩싸인 탓이었다. 정말 새빨갛고 아름다웠다.

빨간 지붕의 나나.

그러나 나나는 집이 아니라 나와 함께 있었다. 나나가 든 자루는 내 손아귀에 꽉 쥐어져 있었다.

나나, 이제 우리 이 집에서 나가자.

왕왕.

검둥이가 곁에서 대신 대답했다.

"은요야, 은요야."

엄마가 울부짖는 소리가 들렸다. 엄마가 왜 여기 있지? 이건 환청이다. 며칠 전 서울로 돌아간 엄마가 갑자기 여기 있을 리 없다. 나는 아직 나나의 집에 있는 걸까? 하지만 우진이와 검둥이가 나를 구출했던 것 같은데. 설마 연기를 너무 들이마셔서 결국 대문을 빠져나오지 못하고 집과 함께 죽어버린 걸까? 아니면 처음부터 끝까지 모든 게 환상이었을까.

"선생님, 눈을 떴어요. 떴다고요!"

엄마 말을 듣고 나서야 내가 눈을 뜨고 있다는 걸 깨달았다. 초점이 맞자 엄마가 보였다.

"엄마."

입만 겨우 달싹거렸다. 엄마 옆에 할머니가 있었다. 할머니는 한없이 늙어 보였다. 슬퍼 보이기도 했다. 엄마, 할머니. 그리고 있어야 할 또 한 사람이 떠오르자, 온몸에 소름이 돋았다.

"엄마. 안 돼! 안 돼!"

"은요야, 은요야, 진정해."

엄마가 나를 잡고, 한 남자가 뛰어왔다. 나는 도망치려고 몸을 들썩였다. 생각하고 싶지도 않았다. 살아야 해. 살고 싶어. 다행히 남자는 그 사람이 아니라 의사였다.

맞다. 그 남자는 사고를 당했다. 이제야 기억이 났다. 잠이 쏟아졌다. 의사가 주사를 놓아서인지 긴장이 풀려서인지 모를 일이었다.

나는 장시간 차를 탈 수 있게 되자마자 서울 병원으로 옮겨졌다. 연기를 너무 많이 마시고, 충격을 받아서 한동안 더 입원 치료를 받아야 했다. 나를 살린 것은 우진이와 검둥이였다. 조금만 더 늦었더라면 돌이킬 수 없었을 거라고 담당 의사가 말했다.

"잘 가라."

그곳 시내 병원에서 우진이가 나를 배웅하면서 한 말은 짧왔다. 그날 우진이가 열쇠를 찾으러 갔다가 검둥이를 앞세우고 다시 산을 찾은 것이 내 운명을 바꿔 놓았다. 만약 검둥이가 없었다면 녀석은 나를 찾지 못했거나 너무 늦었을 것이다.

검둥이가 낡은 책 냄새에 예민하다는 것을 눈치채지 못한 건 아니었다. 책을 지나치게 좋아하던 검둥이. 우리 엄마 트렁크에 쌓여 있던 오래된 학술 자료들에 반응해서 미친 것처럼 짖던 일. 마지막으로 남긴 내 말. 주위에 낡은 책이 있다는 내 말을 용케 들은 우진이가 검둥이에게 책을 찾게 했다. 그리고 검둥이는 나를 찾아냈다.

"일부러 검둥이를 데려간 건 아니야. 자기가 쫓아온 거지."

고맙다는 내 말에 우진이가 무뚝뚝하게 변명했다. 마치 거기 있던 것처럼 그림이 그려졌다.

문이 열리고 난데없이 검둥이가 들이닥쳤을 때, 사실 나는 어떤 환상을 보았다. 찰나였지만 또렷했다. 양 갈래 머리를 한 여자애가 우진이 뒤에 서 있었다.

우진이가 열쇠를 들고 나설 때부터 따라온 것이 분명했다. 그리고 여자애는 발장난을 하며 검둥이에게 손짓을 했으리라.

검둥아, 가자. 놀러 가자.

나나는 화장되어 고향 나무에 고이 뿌려졌다. 나무는 빨간 지붕 집에서 좀 떨어진 곳에 심었다. 빨간 지붕 집 마당에 있던 것과 같은 석류나무지만, 집터에 심지 않은 것은 나나를 또 가두고 싶지 않아서다. 그것도 그 남자의 무덤이 된 집터에. 나나는 이제 자유롭게 잘 지낼 수 있을까. 새빨간 석류가 주렁주렁 열리면 참 좋아하겠지?

"나무는 내가 자주 와서 볼 거다."

우진이는 걱정하지 말라는 말을 에둘러 표현했다. 나는 녀석에게 부모와 함께 도시로 나가라는 말을 해 주고 싶었지만, 다음으로 미뤘다. 이미 녀석은 떠날 수 있었다. 오랫동안 가지고 있던 숙제를 드디어 했으니까.

엄마가 정수기에서 물을 떠 가지고 돌아왔다. 병실에만 있는 게 갑갑할 것 같다며 병원 서점에서 책도 사 왔다.

"엄마, 이 책 재미있겠다."

엄마는 더는 내게 무슨 책을 읽으라고 정해 주지 않았다. 내가 선택할 수 있게 골고루 책을 사 오는 걸 잊지 않았다.

"밖에 친구 왔더라."

"친구?"

문이 열리고, 민세가 들어왔다. 민세는 병문안에 흔히 가져오는 꽃이나 음료 대신 새 휴대폰을 들고 있었다. 내 휴대폰이 어딘가로 사라진 뒤로 메시지를 주고받을 수 없어 궁금하던 참이었다.

"거봐. 내가 언젠가 너 병원 신세 질 줄 알았다."

어색할지도 모른다는 내 예상과 달리 민세 한마디에 웃음이 나왔다. 우리는 여느 평범한 친구처럼 마주 보면서 농담을 하고 장난을 쳤다.

나나, 이제 나 괜찮아. 다 괜찮아.

양 갈래 머리를 하고 팔랑팔랑 뛰는 여자애가 이제는 보이지 않는다. 여자애는 내 안에 들어와 있었다. 두 팔을 벌리고 나에게 뛰어왔을 때 나는 서슴없이 여자애를 안았다. 그리고 우리는 꼭 끌어안았다.

다시는 빨간 지붕 집에 가둬 두지 않을게.

여자애는 대답하지 않았지만, 나는 조용히 고개를 끄덕였다.

빨간 지붕의 나

처음에는 제목만 있었다.

《빨간 지붕의 나나》는 제목이 먼저 찾아왔다. 내가 떠올린 것도 아니었다. 다른 사람 입에서 먼저 나왔다. 그는 그 제목으로 이야기를 만들어 보라고 했다. 제목과의 만남은 갑작스러웠지만, 나는 오래전부터 이 이야기를 알고 있던 사람처럼 써 나가기 시작했다.

나나는 긴 머리 여자였고, 호리호리했다. 신경질적이며 어두웠다. 좀 이상해 보이기도 했다. 마녀 같기도 하고 천사 같기도 했다. 동시에 요술공주 나나 같은 만화 이미지도 떠올랐다. 나나는 그런 이름이었다.

나나는 빨간 지붕 집에 살았다. 처음에는 정말 빨간 지붕을 한 집이었다. 나는 나나가 매력적이라고 생각했지만, 나나의 집을 떠올리자 집으로 빨려 들어갔다.

집에는 담장이 있었고 파란 대문이 굳게 닫혀 있었다. 나는 대문을 건드려 보았다. 잠겨 있을까? 처음에는 밀어도 꿈쩍도 안 해서 잠겨 있는 줄 알았으나, 그건 내가 겁을 집어먹어서였다. 문은 잠겨 있지 않았다. 빗장은 내가 스스로 건 것이었다.

집 안에는 황폐한 마당이 있었다. 너무도 조용해서 누가 있느냐고 소리쳐 묻기도 어려웠다. 아무도 살지 않는 집 같기도 하고 누가 있는 것도 같았다. 마당 한구석에 조금 파헤친 곳이 보였다. 무언가를 묻은 흔적이다. 무엇이 묻혀 있지? 조심스럽게 가까이 다가갔다. 어디선가 무슨 소리가 들린 것도 같았다. 마른 나뭇가지를 밟는 소리 같은. 영화 같은 데 나오는, 몰래 누군가 다가올 때 나곤 하는 소리.

누구세요?

물을 수가 없었다. 속으로는 질문을 던졌지만, 그걸 내뱉지는 못했다. 돌아볼 수도 없었다. 그대로 쪼그리고 앉아 다른 곳과 묘하게 색이 다른 흙바닥만 바라봤다. 이제는 또렷하게 발소리가 들렸다. 소리는 점점 가까워졌다. 문득 그 안에 무엇이 묻혀 있는지 알 것 같았다. 나 같은 사람이었다. 나처럼 이집에 몰래 들어와 수상한 땅을 들여다본 사람이 그 안에 묻혀 있었다.

그랬구나.

고개를 들었다. 내 눈에 보이는 건 흉기를 든 무시무시한 괴물이 아니었다. 지붕이었다. 분명히 나는 이 집이 빨간 지붕 집이라고 들었는데, 지붕은 노란색이었다. 내가 알고 있는 사실, 아니 사실이라고 믿고 있는 것은 진실이 아니었다. 기억의 거짓말, 진실의 혼동.

　나는 다시 집을 빠져나가 이 이야기를 완성했다. 쓰는 동안 막힘은 없었다. 그럴 수밖에 없었다. 이 집은 어딘가에 분명히 있는 집이었고, 오래전부터 이 제목은 내가 쓸 책의 제목이었으니까.

선자은

■ 사공 청소년 문학　**■ 중·고등학생 이상 권장 도서**

*시공 청소년 문학은 계속 출간됩니다.